陪你食尽人间烟火

茅道 著

北京时代华文书局

图书在版编目（CIP）数据

陪你食尽人间烟火 / 茅道著. — 北京 : 北京时代华文书局, 2016.8
ISBN 978-7-5699-1105-3

Ⅰ. ①陪… Ⅱ. ①茅… Ⅲ. ①随笔—作品集—中国—当代 Ⅳ. ① I267.1

中国版本图书馆 CIP 数据核字（2016）第 206722 号

陪你食尽人间烟火

Peini Shijin Renjian Yanhuo

著　　者 | 茅　道

出 版 人 | 王训海
选题策划 | 余　玲
责任编辑 | 周海燕
装帧设计 | 程　慧　赵芝英
责任印制 | 刘　银　訾　敬

出版发行 | 北京时代华文书局 http://www.bjsdsj.com.cn
北京市东城区安定门外大街 136 号皇城国际大厦 A 座 8 楼
邮编：100011　电话：010 - 64267955　64267677
印　　刷 | 北京京都六环印刷厂　010 - 89591957
（如发现印装质量问题，请与印刷厂联系调换）
开　　本 | 880mm×1230mm　1/32　印　　张 | 9　字　　数 | 189 千字
版　　次 | 2017 年 2 月第 1 版　印　　次 | 2017 年 5 月第 2 次印刷
书　　号 | ISBN 978-7-5699-1105-3
定　　价 | 36.80 元

就我认为，最好吃的永远是你喜欢的那个姑娘亲手下厨端出的那盘也许并无章程的大杂烩。

上一世，你洗手做羹汤，温暖我一辈子。这一世，换我来温暖你。

花正开，汤正好，猫儿也乖乖，而你，也刚刚好在这个时候回来。

目　录
CONTENTS

Part 1 ▶

唯食光与爱不可辜负

Part 2 ▶

飘散在时光深处的烟尘

Part 3 ▶

陪你食尽人间烟火

Part 8 ▶ 在乡间找寻至味

Part 9 ▶ 美食背后的忧伤

Part 10 ▶ 那些用爱温暖的美味

自序

我想陪你食尽人间烟火

2010年，结束近一年的流浪生涯之后，我重新在这小城寻了份工作安定下来。

许是为了补偿我过去一年缺衣少食的现实窘境，新工作的一个部分便是替有意向在我所供职的媒体上投放广告的大小饭店撰写软文——一般是广告部的业务人员先行谈妥，我则以记者身份前去采访写稿，“白吃白喝”也是题中应有之义。

当然，也不是全无收获，起码，在无以计数的“白吃白喝”中，跟厨行中人混了个脸熟，我又好打听些厨行里的掌故，兼以常跟大厨讨论某道菜肴的烹饪讲究——这个有家学渊源，我爸一度也是乡间办席的厨子一员——心里便有了些倾吐的欲望，想把这些东西写下来；与此同时，那刊载各大小饭店软文的版面也愈显面目可憎起来，尽皆自吹自擂的店家宣传，连我这个“始作俑者”也觉得有些难为情——没错，这些店家宣传都出自我的手笔——于是，我向当时的领导建议，能否将版面压缩一下，辟出一小块儿“自留地”，刊载一些与广告宣传无涉的饮食文章，一是为版面之可看性，二嘛，我也有个动力将脑子里存的那些与饮食相关的七七八八写下来……然后，便有了“快牙笔记”这个专栏的诞生。

断断续续写了两三年，其间将部分文章“搬运”至各大社交网站，也有一些不大不小的反响，亦有他处的媒体联系刊载事宜。大概是2014年吧，有出版社的编辑通过社交网站联系上我，说要将这些文章结集出版，问我是否愿意。我当然愿意，只是事与愿违。我清理了下已经成稿的篇章，堪堪五十余篇，字数远远凑不满一本书，那专栏又是跟着广告走的，且我生性散漫，没有截稿期的压力，写字的心思就更淡漠了，而且，当时那家出版社给的版税也不高，一来二去的，这事儿便搁置了下来。

2015年9月，我和一帮朋友利用业余时间创办了“餐饮狼虎会”微信公众平台，旨在聚合一帮优秀的餐饮相关从业人员来互帮互助地解决从业过程中遇到的种种技术难题。平台运行大半年以来，发展势头不错，江湖上也略有些薄名。因着这份渊源，我跟更多的餐饮从业人员结下了交情，对菜品的典故和厨行的一些讲究，有了更多的了解，也就在这期间，我工作岗位有所变动，不用每天晚间都守在办公室盯版，相对来说拥有了更多可供自由支配的时间，然后又开始捡起丢了近两年的饮食类文章的写作，慢慢地，竟也凑够了一本书的体量……

早阵子，跟出版人刘一寒闲聊，无意中说起我手头有这么一部书稿，一寒表示出极大的兴趣，当即就让我发了几篇样章过去，书稿很快被列入了北京时代华文书局的出版计划之中——我跟一寒是老朋友了，十多年前在长沙混的时候就有过工作和生活上的交集，这之后我辗转各地谋食，什么样的营生都干过，委实吃了不少苦头；他则北上京城，在出版圈儿里稳下脚跟，也闯出了些名头——也不知是出于敏锐的出版市场嗅觉，还是照顾我这个落魄多年的老友……

恰如书中所言，饮食这行当，学问深了去了，所谓的“一代会住，三代会穿，五代才会吃”即是此论，历来论饮食诸书，简易版菜谱除外，多是食尽山珍海味之饕餮客所撰，远如唐鲁孙、聂凤乔等先贤，近则如蔡澜、沈宏非等前辈方家，哪一个笔下的锦绣文章不是无穷尽的大宴小酌换回来的？余生也晚，未能躬逢其盛，最为重要的是，囿于所处阶层和地域之限，大宴小酌虽时时有之，然席上多为寻常所见之鸡鸭鱼肉，未有前辈先贤之口福，能食遍世间之珍馐美馔，故笔下之饮食文章也从寻常生活出发，所记亦多为你我皆司空见惯之食物。

好在寻常食物也有寻常食物的好处，让人不必故作高深地渲染食材有多难得，烹饪过程有多么神乎其神，只需要老老实实地记下跟这道食物有关的故事和情感即可。这点是我的强项，我与厨行中人接触日久，耳濡目染不少厨行传承和传奇故事，更兼以过去的三十余年走得不是那么顺当，很是受过些坎壈离乱的苦头，这些故事和情感，都或多或少地出现在这本书里——与其说是谈论饮食，不如说是以饮食为皮相，对我过去的人生做一个小结。

哦，对了，书名《陪你食尽人间烟火》是集体智慧的结晶，不敢专美（感谢婉哥的灵光一现）。虽然离真实境况相去太远——这人间烟火我还远未食尽，暂时我也还没找到那个陪我同食的人——但我喜欢这个书名，它隐含着对未来的美好期许。

那么，问题来了，你会是那个陪我食尽人间烟火的人吗？

茅　道

2016年6月　湖南株洲

Part 1

唯食光与爱不可辜负

很早，他就知道郭沫若写的这首打油诗，
这寥寥几句，把川式火锅的精髓写活了。

最好吃的菜

这世界上的菜谱分为两种。一种是《贝太厨房》那类，化繁为简，流水线作业，任是再愚笨的人看后也自信能操持出一桌满汉全席来；另一种便是王敦煌《吃主儿》里所记载的那类旧时吃食，即便一道简单的打卤面，原材料和操作步骤都明白写在纸上，你硬是做不出那个味儿来。

台湾饮食大家焦桐老师总结，一代会住，三代会穿，五代才会吃。“饮食”二字中的学问可是海了去了，再说人的口味迥异，嗜甜还是好辣，喜咸还是爱淡，如何敢大言不惭写下如此绝对的标题？

菜如何好吃，每个人都有每个人的评判标准，口感、营养、色泽……但有一条怕是所有人都会赞同的，若某种食物能触碰你心底那根柔软的心弦，弹出久未有之的感动，自是好吃的菜无疑。

所以，菜是否好吃也与当时的心境有着密不可分的联系。若心情不好，满汉全席摆你面前，恐怕也是无心下箸；反之，若三日未曾进食，即便一碗夹生的白米饭也会让你生出爽到飞起的错觉。

当然，能体验到这番充满朴素的唯物主义哲学真理的道理，自然既经历过心痛，也一定有过饥渴难忍的时刻。换言之，要体验食物的精妙，必得心无旁骛，且无三餐之虞，此时方可从一粒米中慢慢回味它生长的维度。

幼时读陆文夫《美食家》，朱自治天未亮即起床，为的只是赶上“朱鸿兴”的头汤面，在美食家眼里，千碗面，一锅汤，下到后头，面汤就糊了，必须是头锅下的面才能保持清爽的口感。

这样食不厌精的精神在当时的我看来，总归有些矫情和多此一举，有的吃就不错了，哪里有那么多讲究？必须说明的是，我当时上初中，正是长身体的时候，几乎时时处于饥饿状态之中。

及至年岁渐长，初涉厨行混食，后又误入歧途，戴着顶美食记者的帽子招摇撞骗于各大小酒楼食肆，从一个炉灶逃窜到另一个炉灶，从一张饭桌奔波到另一张饭桌，这才慢慢触到饮食之道的门槛，也明了当年的想法是如何稚嫩与无知。

稍可安慰的是，每日在不同的饭局之间迎来送往，菜色品种也时有翻新，一张好吃的嘴却并未惯坏，管你是珍馐玉食或是咸菜稀饭，终是要落肠胃之中，这正应了禅宗“见山是山，见水是水”的上境。

所以，有人问我蹭过如此之多的饭局，可知哪家店铺的哪道菜肴最为好吃？老实说，我还真答不上来，沉思良久，只在微博上发了这么一段感慨以为回应。

“就我认为，最好吃的永远是你喜欢的那个姑娘亲手下厨端出的那盘也许并无章程的大杂烩……”

然后，远在广州的闺蜜肖颖同学立马评论了一句：“会有几十年等你吃厌的。”

看吧，这就是已婚人士和单身汉的区别！

两个人的火锅

“街头小巷子，开个幺店子；一张方桌子，中间挖洞子；洞里生炉子，炉上摆锅子；锅里熬汤子，食客动筷子；或烫肉片子，或烫菜叶子；吃上一肚子，香你一辈子。”

很早，他就知道郭沫若写的这首打油诗，这寥寥几句，把川式火锅的精髓写活了。也因此，他也成了一个川式火锅的拥护者，熟悉他的朋友们都知道，但凡他说起要吃火锅，指的一定是红汤沸腾、麻辣鲜香的川式火锅。

火锅吃得多了，他也成了此中的行家，一锅红汪油亮的锅底端上桌来，还未完全沸腾，他抽鼻子嗅嗅，再拿筷子在锅中搅几下，筷子头放嘴里咂巴咂巴，就能评判这家店的火锅是否地道，以及地道程度又能打到几分，他甚至还知道如何炒出一锅香辣可口的火锅底料：“首要是原材料要地道，豆瓣一定要用郫县的辣豆瓣、豆豉得是永川的，牛油要甘孜的，花椒必须是汉源的……”还未等他说完，朋友们的嬉闹便盖过了他的“点评”：“就是个嘴炮党，有本事哪天自己炒一锅让我们尝尝？”

当然，他对这样的揶揄并不在意，也不会针锋相对地抬杠，只是淡淡一笑，便加入疯狂抢食的队列之中，更何况，他的舌头也没灵敏到自己所夸耀的那个地步。他只是平素对饮馔之道颇感兴趣，自个儿买了不少相关的书来看，饭桌之上也多些谈资——他本是各方面都极其平凡的男子，朋党聚会常常是被忽略的角色——也只有这个时候，才显出他的价值来，菜品点评专业而独到，不时还祭出一些闻所未闻的历史典故来，也因此，朋友们都爱与他一起饭醉。当然，他也极其享受这样的状态，从默默无闻的小人物一下子变成众人瞩目的焦点，那种虚荣心的满足任是如何矜持的人也难以拒绝的。

也不知从什么时候起，他们的饭局之中多了个她。起初，他对她的到来并没太放在心上，铁打的饭局流水的客，江湖儿女不拘俗礼，见缝插针地聚众饭醉本是再平常不过的事，他仍如往常一样在饭局上高谈他的饮食经验，也不管身旁友朋是否对此感冒，就像急于在父母面前邀功的孩童一样。

慢慢地，他发现，坐对面的她似乎对他的夸夸其谈颇感兴趣，不但频频点头，还会不时提出一些问题来问他，“好为人师”的他当然乐得一一解答，还不忘夸几句，这个时代，像她这样对烹饪感兴趣的女孩子可不多了。

往后的故事发展跟所有俗套的言情故事一样，他和她从那个嘈杂的饭局中抽身而出，有了更多的独处空间。饮食男女，饮食男女，他本是口拙舌笨之人，只有在餐桌之上才会有源源不断的话题，所谓的独处也不过换个地方继续饭醉而已。

出乎他的意料，她也是火锅爱好者，只不过相比于他的重口味，她更偏好口味清淡的粤式边炉——清汤锅底，涮菜后蘸蘸料而食——他也表示理解，麻辣鲜香的川式火锅江湖味太浓，朋党欢聚时能很好地带动气氛，若是男女约会则有些不太协调，更何况，像她那样恬静素雅的女子，筷子伸向锅里搅动黄喉、毛肚、鳝鱼诸般物事又成何体统？

好在这城中口味清淡的火锅店也不少，他和她也不缺独处的空间，往往坐定之后点好菜肴，便是他一人的表演时间，从菜品构成到锅底如何熬制，再到与所点菜品相关的一些掌故，都从他嘴里娓娓道来，对面的她也频频颔首以示认同。这让他很有成就感，活了小三十年，他似乎头一回有了这样忠实的听众。

他天真地以为这样的时光能一直延续下去，而后水到渠成地与她步入婚姻的殿堂。他甚至不止一次地在臆想中盘算两人的一日三餐：她爱吃清汤火锅，味道好坏多取决于熬制的锅底是否鲜浓，这个他拿手，他知道如何用最简便的食材熬出一锅浓郁的高汤；涮菜也不成问题，各式菜蔬，只要新鲜，均可下到锅中烫熟而食；至于她最爱的鱼丸，他也知道如何做，一般选刚宰杀的草鱼，片出鱼肉——头尾可熬汤，加点白豆腐，很清爽的一道菜——细剁成，加鸡蛋清，生粉些许，姜汁蒜蓉随意，揉搓成团，味道保管比火锅店里售卖的死面疙瘩强太多……只是，他从未想过，他只有在面对食材时才会夸夸其谈，其他的，他不会说，也不敢说。

终于，他们的联系日渐稀少，他又回了那个喧闹的饭局，只是饭局不再仅仅局限于川式麻辣火锅，清淡的粤式边炉也时不时地成为他们饭醉的备选方案之一。

听到她的婚讯时，他正和一帮朋友在他与她常去的一家店里大快朵颐，他愣了一会儿神，想起很多往事，千言万语积攒在嘴边，却只冲在座的朋友说了句“抱歉，单位临时有事”便披衣出门。

这之后，他再也不吃清淡的粤式边炉了。

温暖的饺子

暮春的株洲气候反常得很，早几日还暖阳高悬，热得人恨不得光膀子才好，下过三两场雨，气温便刷刷地往下掉，早晚出行在细雨霏霏的街头，裹上外套还觉得有些凉意。

天儿一冷，人体储存的热量就挥发得快，加餐几乎成了必然的选择。就譬如刚下晚班的我，肠胃在冷风冷雨的刺激下蠕动得分外勤奋，但这蠕动是再正常不过的生理反应，理智告诉我，要冷静冷静再冷静——肚皮上的赘肉已经感知到夏天即将到来，正蠢蠢欲动地想要出来显摆一番——可脚步却带着我向家的反方向走去。那里有家东北饺子馆，我年初的时候曾去过几次，口味虽然一般，但胜在洁净，价格也公道得很。店主年龄和我相仿，却已是两个孩子的父亲，闲时会拉把凳子坐我边上，抽上一根烟，和我聊一些有的没的。

作为一名纯正的南方人，我对饺子的热衷是因为相比于其他高热量食品，饺子很快能饱，些许几个下肚便能让肠胃获得满足感，也不至于摄入过多热量而使身材走形。所以，每当午夜饿意来袭，一颗心挣扎在吃还是不吃消夜的艰难抉择中时，饺子便成了消夜的优先选项——吃几个便饱了，不会发胖的——隔三岔五地总要吃上几个，以此抚慰空空如也的肠胃，并借以挽回一些破了“打死不吃消夜”这一戒条的愧疚感。

但是，我在这个飘着细雨的午夜并没有吃到饺子。走到那间熟悉的门脸，却见原来“东北饺子馆”的招牌已被“×记小吃店”所取代，那年龄与我相仿的汉子也没有看见，一打扮妖艳的妇人凑上前来，殷勤地问我吃点儿什么，毫无疑问，这地儿已经换了主人。

我问“有没有饺子”，那妇人面露窘境，讪讪地答道“没有”。我探头望去，柜台一侧的案板上放着唆螺、毛豆、鸭架诸物——尽是寻常湖南消夜摊子上的常见菜肴，重油、重辣，吃起来过瘾，也极易囤积人体脂肪——我强忍住咽下的口水，摇摇头回身离去，并陷入一种无以言之的伤感之中。

当然，这些伤感的情绪仅仅停留了一小会儿，在一个急遽变化的时代，一间小店的易主本是再正常不过的事情，即连我此次未能吃到口的饺子，在几十年的时间淘换中也已变得面目全非。

饺子好吃，一在皮儿，二在馅儿，皮儿得自己和面自己擀，馅儿得自己剁自己调。常见影视剧中的包饺子场面，一家人热火朝天地和面拌馅儿，镜头推近，氤氲的水汽弥漫开来，整个人便温暖起来……现在倒好，超市里就有速冻水饺卖，从冰冷的冰箱里取出下到沸腾的水中，尽管一样的水汽蒸腾，却感受不到丝毫暖意；那售卖饺子的店家，虽然大多是自己拌馅儿，饺子皮却是流水线的产物，口感也大打折扣，更何况，市场经济的浪潮随时将你扫地出门，那份记忆中的温暖也便越发稀缺了。

当然，原汁原味的手工饺子也不是没有，我做记者的时候曾经采访过一个老太太。老太太原籍山东，老伴儿几年前过世，子女都在外打拼事业，独居的她常陷入对故土家人的追忆之中，有时候想得厉害了，便自己擀面和馅儿包饺子，在味蕾上寻回一些故土乡愁。

采访的那天恰逢老太太包了饺子，中午便留我吃饭。我吃着饺子，听老太太絮叨一些过往的琐事——那时也是这样的暮春，天空中或许还飘着同样的细雨——本来衣着单薄的我还感觉有些凉，十来个饺子下肚，再喝下小半碗番茄蛋汤，整个身心突然就温暖起来。

还有一段时间，我经常跟一个陕西的小兄弟混在一块儿，那会儿我还没现在这么胖，也不大担忧身材问题，常叫他出来消夜，因为他的缘故，很多时候，我们都会去韶山路上的一家东北饺子馆。他到底年轻，说话口没遮拦，常常吐槽饺子不正宗，“在我们老家……”的口头禅之后便是细致描述各类面食如何之美味。有一次，他甚至非常慎重地跟我提起，要在株洲开个饺子馆——他自信自己的手艺能打垮这小城里任何一个白案师傅——名字就叫温暖饺子馆，彼时，他正和几个志同道合的朋友一起玩儿乐队，乐队的名字就叫温暖民谣……

当然，温暖饺子馆终究只存在于一众朋友的闲谈之中，并没有在现实中成为可能。如今的他，衣冠楚楚地挤在上下班的人流中，为车子、房子以及未来的老婆、孩子勉力打拼，当年一起玩乐队的几个朋友渐渐联系得也少了，生活终于在动荡经年之后回归它的本来面目。

但是，那些与饺子有关的温暖仍然留存在他人的记忆之中，就譬如现在，从那已更名为“×记小吃店”的店面返身归家之后，饥肠辘辘的我在吞咽口水的同时，脑子里晃动的都是以上这些零散的片段，它们在这个薄凉的雨夜给了我一丝难得的温暖。

在漓江，吃鱼

雨后的天空水洗一般蓝，绿树掩映下的漓江水透着一股深绿，厨房里飘出阵阵诱人的香味……

这是阳朔西街的某家临江客栈，时间是2013年5月20日。是的，一个浪漫的地方，一个浪漫的日子，理应有一对浪漫的人来分享这浪漫的时光。可事实却是，四个大老爷们儿瘫坐在太阳椅上，彼此挖苦嘲笑，并时不时地爆发出一阵又一阵莫名其妙的大笑，引无数路人侧目。

三天前，受天涯社区的邀请，阿大、老李、老陆，还有我，从祖国的四面八方齐聚桂林，以研讨会的形式开始游山玩水之旅。哥儿几个都是多年未见，前三日随大部队活动，顾着主办方面子，言语虽多佻达，却终未太过出格，眼下活动结束，终于放羊，荤的素的，该讲的不该讲的也都喷薄而出了。

菜开始一道道往上端，田螺酿、豆腐酿、香菇酿……（桂林多酿菜，坊间向有“桂林十八酿”的说法。据王学泰先生考证，酿菜是客家人的独创菜式，客家人则是早年间为躲避战乱南下的中原人的统称。遥想当年，交通不便，身处南国的客家人思念起故土的面食而不可得，只得仿饺子做法，将肉馅塞入菜蔬之中，或蒸或焖，聊慰乡愁。）主菜则是极具阳朔地方特色的啤酒鱼。

啤酒鱼并非头一次吃到。前三日随大部队活动，一日三餐都是靠酒店的自助餐解决，常见硕大的保温桶前贴着“啤酒鱼”的标签，但见之总是黑乎乎一团，入嘴也味同嚼蜡，和所有酒店菜一个味道，毫无特色可言。或许真如广西朋友所言，啤酒鱼一旦从漓江边移师其他地方，立刻便面目全非。鱼，必须得是漓江现捕的活鱼；油，得是桂北山区特产的山茶油；啤酒，则非桂林产的漓泉啤酒不可；即便是水，也得用清幽透亮的漓江水。

眼前这盘啤酒鱼庶几可算合格。鱼是鲤鱼，活蹦乱跳，厨师当着我们的面宰杀，洗净后却并不去鳞，只从中剖开，两面各打花刀方便入味，而后下油锅将鱼皮煎至焦黄，再倒入半瓶啤酒，大火烧开，再改中火收汁，其间放青红椒和西红柿以及各式调料……

夹一筷子入口，鱼肉细嫩，却全无腥味，那未去的鱼鳞先煎后煮，卤汁的味道被悉数汲取，既脆且香，别有一番风味。

尽管啤酒鱼味美，却并未堵住哥儿几个的嘴。阿大刚从腾讯离职，立誓要在五年内成为中国顶尖的财经专栏作家；老李一心想拍部牛×的纪录片，却只得屈身在某电视台写着新闻评论；老陆生意刚上正轨，却陷入两场失败的恋情之中无法自拔，频频以“我的前任是极品”来自嘲；而我，戴着顶美食记者的帽子四处蹭吃蹭喝，却一直未能尝到那道“最好吃的菜”……

一瞬间想起杜工部的《赠卫八处士》，“昔别君未婚，儿女忽成行”，尽管几年之后各有各的因缘际会，但好歹此刻大伙儿还在一起惬意地吃着啤酒鱼。

当然，除了啤酒鱼，我还吃过很多的鱼。

2004年，武汉虎泉夜市的葱烤鲫鱼；2007年，广州棠下城中村的酸菜鱼；2008年，深圳宝安的雄鱼火锅；2009年，成都人民公园的冷锅鱼；2010年，湖南省图书馆附近某无名饭店的糍粑鱼……

那些曾经吃过的鱼，那些陪我吃鱼的人，以及那些一起吃鱼的时光，都已经远去得像泛黄的旧胶片一般模糊。

就譬如现在，哥儿几个在喋喋不休中饕餮完一大盘啤酒鱼，然后略为休整，各各收拾行囊，齐奔桂林火车站。奔驰的列车按来时的反方向将我们送往祖国的四面八方，大家从此隔山隔海，再见也不知何年何月，真的是“世事两茫茫”了。

炒肝与鹅肝

我曾经跟一个成都的姑娘谈过恋爱。你知道的，川妹子嘛，性格麻辣，脾气火爆，有一二不如意处便指着鼻子骂我“怕是下水吃多了”。当然，我脾气好，权当现场直播“打是亲骂是爱”的狗血剧情，亲亲爱爱就过去了。

我曾经问过四川的好友，他们表示，这话在当地的语境中其实极其恶毒，下水本是上不得台面的菜肴，古来鲜有上席，下水吃多了自然也不是场面上的人，人若上不得场面，在旧时讲究礼性的人看来，几与禽兽无异。

这话倒不假，下水藏污纳垢，古时有身份的人是不屑吃的，价钱也较肉类低廉，倒也成全了不少下苦力的劳苦大众的肉食欲望，肉吃不起，吃下水解馋也不错。譬如北京的卤煮、炒肝，四川的冒节子、肥肠粉，等等，都是在此基础上发展起来的极具地方特色的平民小吃。

早几年，美国副总统拜登访华，就特意跑去鼓楼的“姚记炒肝”体验了一把老北京的平民饮食，5个人花了79元钱，廉则廉矣，菜单中却并未出现“炒肝”一味。这是因为，炒肝主料乃是猪肝和猪大肠，西方人认为不洁，罕有下箸的勇气，这倒也与旧时上流人士的观点不谋而合，只不过一个是不屑，另一个是不敢。

素有“饮食菩萨”之称的车辐老先生盘点旧时宴饮菜单，由低到高，从海参席到鱼肚席，再到裙边席，而后鲍鱼席，而后（鱼）翅席，直至燕（窝）席，除了翅席中有一味羊杂火锅的辅菜之外，从未见过下水的身影，即便是等而下之的“甜席”，也堪堪只有一道杂烩汤来加以点缀。

无独有偶，另一类下水，譬如鹅肝，却一直是国内外美食达人的心头之好，欧洲人甚至将其与鱼子酱、松露并称为“世界三大珍馐”。国内亦有一道名菜唤作“美人肝”，却是鸭肠上的胰白所制。黄裳《旅京随笔》载，汪精卫开伪府于金陵时尤好此菜，常深夜以荣宝斋小笺自书“汪公馆点菜，军警一律放行”，差人买菜。

这个故事告诉我们，同是下水，只因所处位置不一，身份却有天壤之别。即便沦为禽兽，为禽为兽的身价也大有不同。

忽然醒悟，当年我成都的女朋友骂我“下水吃多了”，当是骂我禽兽无疑。虽是禽兽，可到底是禽还是兽，这里头规矩可多了去了。我想找她问个明白，却忽然发现，她离开我已整整三年了。

熏腊江湖

熬吧读书会的王来扶到访株洲，我领他去拜访我们共同的朋友虎哥。一年前，我们在一个公益讲堂上有过愉快的合作经历，风流云散，曾经的战友流落四方，如今还能时不时地借着各种理由聚一下，已属十分难得了。

虎哥开始打电话，失散多日的兄弟伙游魂一般从城市的各端飘到四桥桥头的百度烤肉，这是虎嫂经营的餐馆，也是平日我们一帮子牛鬼蛇神非正式聚会的一个场所。

虽是烤肉店，虎嫂却并未给我们准备烤肉，而是上了满桌子的腊味，腊肉、腊肠、腊猪尾、腊鸡爪、腊田鸡……滋味自可想象。虎嫂是湘潭人，湖南人做腊味出名，尤以湘潭为最。梁实秋《雅舍谈吃》一书中专为湖南的腊肉写了一小节，文中提到的他吃过的最好的一餐腊肉就是在湘潭城内柳丝巷的友人家中的。

诚如梁实秋所言，真正上好的腊肉不能求之于店肆，只能到人家家里才能吃到，因为腊肉本就是农耕社会用以储存肉类的一种方式，一旦付于流水线生产，自然就失了个中韵味。换句话说，腊肉属于村野，属于江湖，将之市场化或者庙堂化都会削弱它的战斗力（君不见网上老是有人抱怨超市购买的品牌腊味不够味吗），恰若落草的梁山好汉，一旦招安，其命运也只能注定是悲剧。

说起来，这腊肉的出产也颇有些江湖意味。虎嫂从几年前开始，每月店内盈余有近半用来资助城区的数十位贫困户。熏制腊味的手艺自故里湘潭学来，只苦于在株洲城区无条件操办。她也是无意中和某个资助对象说起，对方立马承揽过来，条件都是现成的：城郊地带，屋舍宽广，歇业在家，晾晒熏制事宜皆可照应……助人者，人恒助之！这样古道热肠的故事，在话本小说里有的是，而在今天，则尤显稀缺。

听着这样的故事，吃着这样的腊味，整个人便多了几分江湖气，更何况，这座中诸人本就是不拘俗礼的江湖儿女。

在一年前，我们彼此还素不相识，那个夭折的讲堂将若干散居各处的牛鬼蛇神聚到一块儿。有过龃龉和不快的争执岁月，也有过“大块吃肉、大碗喝酒”的快乐时光，但拥有更多的是一众人等不计回报地投入一件自认为有意义的事情当中的那种满足感……

当然，这些都已经远去，再说起也无非多些“白头宫女在，闲坐说玄宗”的落寞，于是，便只能喝酒了。我们为这些腊味喝了一杯，为这个跟腊味相关的故事喝了一杯，为了各自的青春往事喝了一杯，为了我们曾经一起战斗的日日夜夜喝了一杯，为了这个不再江湖的世道喝了一杯，为了这夏日的风，为了这江边的景，为了什么都不为，一杯一杯复一杯，明朝有意抱琴来。

渐渐地，人便有些醉了。从往事回归现实，独有的腊香味儿还在唇齿间流转，有关江湖的往事却已漂淡。我们挥手作别，跌跌撞撞地分散开来，各各奔向前途未卜的生活，奔向一个更为遥远的江湖。

冬天的烧烤

从我家楼下的小巷出门左拐，前行不过三百余米，一长溜儿排档渐次排开，当然，烧烤摊也是必不可少的。早两年身材还没发福，每逢夜班下班，我总会先行踱到此处，点上几串烤串儿（无外乎牛羊肉串、鸡腿诸物），打包回家，对着无边的暗夜细细咽下，有时候还要浅浅地抿上几口酒。激荡了半夜的肠胃渐渐熨帖起来，脱衣上床，一夜好眠。

当然，这都是几年前的往事，自从早两年体检查出胆固醇偏高，且身材愈发由微胖界向死胖界发展后，我已经严格控制进食消夜的数量和频率。但冬天不一样，冬天夜长，且冷，南方的冷跟北方不一样，是浸入骨髓的那种湿冷，深夜下班，路上的风吹得人脸生疼，晚饭也早消耗殆尽，既寒且饥，若不吃点什么，实在难以将这冷清而又漫长的寒夜打发过去。

于是，不由自主地，一颗饥肠辘辘的心便指引着双腿迈到烧烤摊前……还能吃别的什么呢？一碗滚烫的白粥，奢侈点的话加点儿肉松或鱼片，清淡又健康，也足以熨帖你饥渴的肠胃，但是，这样清淡的饮食又何以驱除门外那凛冽的寒风所带来的全身冰冷；或许，来上一碗带汤汁的米粉或面条也是不错的选择，汤汤水水，多放辣子和胡椒粉，呼啦啦下肚，周身都暖和起来，但一想起过后不久的早餐也是同样的物事的时候，便索然没了进食的欲望；那么，火锅应该不错吧，红汤锅底，咕噜噜地冒着人间烟火气，鱼肉菜蔬一并搁里头煮着，解馋又管饱，只是，一个人吃难免奢侈，更何况，火锅本就属于江湖，热闹而又沸腾，寒风苦雨中一人进食，只怕更添物伤其类的凄凉意境……

还是烧烤好，等待时间不用太长，短则三五分钟，长也不过十余分钟，看各色肉串在炭火的炙烤下由红转白，不留神几滴油脂滴下，一片噼里啪啦的欢腾，各式调料细细撒匀，周边的空气都是饱满而诱人的肉香……遥想当年的先民，在大自然馈赠的火种中尝试将渔猎到的动物“燔而食之”，意外发现比于生咽更为可口，这一最为古旧的烹饪方式在数千年来的饮食传承中推陈出新，逐渐演变成如今五花八门的各种烧烤方式。

这是暖心的消夜，暖胃的晚餐我有时也会选择烧烤。有时候发懒不想做饭，口头又垂涎烤肉的油香，便会一个人寻去虎嫂的百度烤肉。自点一份五花肉和牛舌，再配上一碟生菜，细细地将腌好的肉烤至八成熟，而后用生菜卷而食之，解馋的同时又享受了亲力亲为的劳动乐趣。当然，还有虎嫂的八卦可听。

已婚中年妇女都有一颗保媒拉纤的好心，虎嫂也一样，老公事业有成，女儿也已成家，大把的闲暇时间便放在了拯救万千孤独的剩男剩女身上。我们有个共同的熟人L君，此君年过而立，相亲无数却无一成功，身边的人都奇怪，论长相，论家境，论人品，论内涵，此君不说人中龙凤，至少也是中人之姿，为何却一直单着，甚至有不厚道的人怀疑起他的性取向来。还是虎嫂分析确凿，说相亲的地点选错了。L君有些小资的浪漫倾向，颇喜环境优雅的咖啡厅之类，相亲也往往在这些地儿进行，理由是安静，方便聊天，可天知道，一对素昧平生的男女，又抱着相亲的目的，各各打着自己的小算盘，对着两杯咖啡又能聊出些什么来？

所以，虎嫂力邀L君下次相亲来她的烤肉店，理由嘛，且听L君的成功感言：

却说数日前，L君和某女士约在百度烤肉见面，整个过程持续两个多小时。事后L君喜滋滋地向虎嫂通报对女方的考察成果：细心（数次主动递纸巾），勤快（大部分时间都是女方在烤肉），体贴（烤好的肉先夹到男方盘里），节省（点的东西刚刚够两个人吃，一点也不浪费）。女方对男方的考察成果不明，但两人临分手之际已预约了第二次会晤的日程。

说到这里，虎嫂意味深长地看着我："你看这天气极好的，莫老是一个人来我这里吃烤肉了，么子时候也约个妹子一起来吃？"

猪头岁月

江浙一带骂人头脑不灵光，常以“猪头三”称之。民俗学家王学泰先生考证，此说来源于古时吴越祭祀礼仪，猪头、雄鸡、鲤鱼为三样必需祭品，俗称“猪头三牲”，后随时间流变，终于有了今日的象征意义。

虽然寓意不雅，但其滋味却不赖，神仙都爱吃，要不怎么每逢祭祀都能见到它的身影，至今不少饭馆开张仍有拿其祭祀灶神的仪式。

当然，这个解释并不能服众，最起码，那一帮子以爱美为天性的时尚女性一定会跳起脚来大骂我是猪头三，“这么肥腻的猪头怎么能吃？”

其实大谬，猪头并非全然肥腻，而是肥中带瘦，瘦中又有肥，往往最肥的地方长出一块精肉疙瘩，最精的所在又突现肥膘一块，恰与古时贤哲的中庸之道不谋而合。

之所以有如上印象，想来与猪头那丑不可及的颜面不无关系。哲学家告诉我们，看事情不能只看表象，那些满嘴蜜语甜言发誓非你不娶的男子往往是花心大少，而像我这般木讷寡言的人才是最值得托付终身的绝种纯情男。

好吧，扯得有些远，我们继续来说猪头。不管爱美女性如何抵制，我始终坚持认为，猪头是不可多得的美味。不但味美，吃法也依部位不同各有妙处。

猪耳唤顺风，切丝卤制后是佐酒的妙品；猪舌名口条，薄切成片，猛火热油急炒出锅，爽脆无比；脑花儿涮火锅，细嫩鲜香，至今为川地名菜；猪鼻，也就是俗称的猪拱嘴，炖到耙烂出锅，软糯而又有嚼劲，给个县长也不愿换；即便猪头骨，拿去与萝卜同煨，那萝卜散发出的厚实香味，也是猪身上其他骨头难以熬出来的。

当然，若你心存慈悲，不忍见猪头上的诸多器官分崩离析，也可以试一试全须全尾儿的整猪头烹制。烹制方法很简单，袁枚《随园食单》里就有记载：大木桶一个，中用铜帘隔开，将猪头洗净，加作料闷入桶中，用文火隔汤蒸之，猪头熟烂，而其腻垢悉从桶外流出。所谓作料，想来也不外大料、精盐、姜、蒜之属，读者诸君可依个人口味酌情增减，想也不会难吃。

这是常规做法，非常规的做法在作家冯唐的小说《万物生长》里有所体现：有一道味道鲜美无比的猪头大菜，做法早已经失传，行家讲关键是火候，那种猪头是用二寸长的柴火煨三天三夜才做成的。每隔半小时添一次柴，一次只添一根柴火，三天三夜之后才熟。

既已失传，当今之世恐无人有福尝到，也无人能还原出其琐碎的制作流程，倒是其中所蕴含的烹饪哲理值得说道一下：美味总是与用心联系在一起，倘肯多用心思，再寻常的食材也能烹饪出不亚于国宴的美味佳肴。

若哪位姑娘突然说起想吃猪头，身边的男人又肯钻研这一道早已失传的猪头大菜，那半小时添一根的柴火自然是那男人对你一点点的爱意，三天三夜，猪头熟了，你们的爱情也应该瓜熟蒂落了。

老话说得好，遇到肯给你烧猪头的男人，就嫁了吧！

深夜一碗粥

近年关，人便乏了，案头的工作再如何堆积如山也不想动，心思早游走在迎来送往的各色饭局之间。

是的，辛劳一年，也就这年关能稍微放松下，平日老板着脸的领导并没你想象中那么不可接近，钩心斗角的同事们也能搂搂抱抱地说上几句掏心窝子的体己话，即便平日对你爱理不理的男（女）神，此刻好像也对你的印象有所改观，能和你深入探讨下人生理想，唯一的遗憾是，满桌菜肴频频被来去的劝酒吆喝声所冷落，往往饭局终了，除了一肚子酒水，肠胃里再无其他充饥的食物。长夜寂寥，酒醒后满世界踅摸消夜填充空空如也的肠胃便成了题中应有之义。

公允点说，湖南的消夜实在有些乏善可陈，口味虾虽然名声在外，可重油重辣的口味菜实在不适合深夜进食，尤其是酒醒后的疲累之躯，更何况，这样的消夜店，不论大小，往往是人声鼎沸的所在，刚从嘈杂的饭局中抽身而出，又直接起身奔向同样的喧闹之所，总得有个停的时候吧？

这个时候，我往往会在微信上招呼J同学，肚子饿了，去吃点东西吧。不消十分钟，J同学便驱车到我楼下，然后我们一起去一桥底下的一家粥铺喝粥。忘了说了，J和我有着近似的命运轨迹：小城市长大，典型的志大才疏的主儿，漫长的青春期都贡献给了一线城市的GDP增量，又没混出什么名堂来，及至年岁渐长，迫于种种压力，不得不返乡折腾，被大城市惯出的一身臭脾气总与这小城格格不入，只得彼此吐槽身边遭遇的各色奇葩人事。但是，也仅仅止于吐槽而已，还远没投契到一见钟情的地步，用J同学的话来说，我这样的人，做老公太花，做情人太穷，一张贱嘴整天吧啦吧啦地没个停歇的时候。

这家粥铺也是我们俩无意间发现的。有一次大半夜，从外地返株的J同学说想吃点东西，还特别注明说要吃清淡口味的，我想起曾听人说过，一桥底下有家潮汕砂锅粥味道还不错，当下便让J接上我，在无边的暗夜里缓缓地开车，绕了好几次路后才发现这家悬着“潮汕砂锅粥”的小店。

店不大，前厅门脸不过十余平方米，勉强摆放了五六张长条方桌便显得有些拥挤，粥的品种却不少，青菜、瘦肉、田鸡、黑鱼、乳鸽、虾蟹、花螺、甲鱼……各色荤的素的食材，既可单独成粥，亦可任意排列组合，所谓丰俭由君，大概说的就是这个意思。

J偏好黑鱼粥，据说有安神之功效——她是比我还严重的失眠症患者——我则喜好原汁原味的虾蟹粥，新鲜的虾蟹洗净斩块，待锅中的米粥沸腾时投入，正是潮汕一带消夜摊子上的典型吃法，也是我混迹广州时与若干匪类半夜饭醉时的保留曲目。

落座点单不过十余分钟，热气腾腾的粥便端上桌来。坦白说，这粥只能算是勉强及格而已，米和水的比例没有掌控好，喝到后来便有些黏糊，不如我在广州天河立交底下喝的那么清爽；姜丝切得过粗，不能随着粥一并顺溜地滑进食道，不得不在喝前用筷子一块块地剔出……但是，那咸香凛冽的口感，以及下肚之后暖心暖胃的满足感，依然与记忆中的味道不谋而合。

当然，更重要的是，这里并不如常见的消夜摊上那般喧闹不休，喝一口粥，聊几句天——那些久远的青春往事，总是在暗夜里探头探脑，也只有此刻才能倾巢而出——偶尔有个把打扮妖艳的妇人进店点单外带（马路对过儿便是某家娱乐会所）。我压低声音，说良禽早已安寝，这个点儿出没的只有失足妇女，J便没心没肺地笑，半晌才反应过来我捎带着把她也绕了进去，这才佯作怒状骂我嘴贱……

然后，这寂寥而冷清的长夜，也因了这碗粥而变得有声有色起来。

Part 2
飘散在时光深处的烟尘

我看着这盘改良后的东坡肉，窗外便是灯火璀璨的京杭大运河，想起小时候外婆跟我说过的白娘子的传说，想起她从陶罐中捞出一块肉塞到我嘴里，如果她仍活着，今年正好是整一百岁。

鱼云

饮食界流传这么一个段子：旧时土匪绑票，往往将肉票饿上三天，然后再上一盘鱼，看这肉票从哪里下筷子。筷子先夹鱼脊背、肉多的地方，不用说，苦哈哈出身，榨不出油水，饱揍一顿放出门去便是；若是筷子直接伸向鱼鳃边上的那两块“鱼脸肉”，可算是撞了大运，饿三天还吃得这么挑剔，肯定是富贵人家的孩子，赎金少不得。

之所以想到这个段子，乃是因为早几日一帮同事打牌，兴致盎然处，连饭点儿也错过。大家急急冲到一尚未打烊的饭店，风卷残云般吃将起来，及至上了道清蒸鳜鱼，吾报新晋首席记者胡乐同志以迅雷不及掩耳之势探筷夹起一块“鱼脸肉”，放到了隔坐的女友叶露碗中。叶女士却不乐意，直说胡首席不心疼她，尽夹些骨头给她吃，眼看一对璧人就要吵起来，我赶紧将上述段子祭出，叶女士这才转怒为喜，含情脉脉地看着胡首席。

尽管民间有“鳙鱼头、鲤鱼尾，鲢鱼肚皮草鱼嘴，草鱼中段味最美”的说法，但归结到抽象的整个鱼类身上，若论何部位最为鲜美，则非鱼鳃部位的“鱼脸肉”莫属，这是因为腮帮是鱼呼吸时活动最为频繁的部分，这块肉便是“活肉”，所谓“流水不腐，户枢不蠹”，说的就是这个理儿，而与鱼鳍、鱼尾等同是活肉的部位不同，“鱼脸肉”深藏不露，全无骨刺牵绊，是扎扎实实的两瓣儿月牙形嫩肉，难怪以“臭鳜鱼”闻名的安徽淮南一带素有“一个老头九十六，舍不得鳜鱼有上两块肉”的童谣流传。

犹记幼时在家，但逢桌上有整鱼上桌，那两块“鱼脸肉”一定是我的“专用品”，外人不得染指一二。盖因我一上桌，便用筷子在碗中扒拉，同时嘴中念念有词：“我的‘脸包肉’呢？”——乡音称脸为脸包——家人宠溺，也便听之任之，弄得远近邻舍都晓得，何老师家里养个好吃且会吃的崽。

“鱼脸肉”也好，“脸包肉”也罢，都只是俗称，厨行中的正式名称是“鱼云”，想来与其色白如云有关，淮扬菜中甚至有“蟹粉鱼云”这道名菜。不过，因材料有限，所谓的“鱼云”并非全是“鱼脸肉”，厨师大多将整个鳃喉部的嫩肉剔下入馔，庶几有“滥竽充数”之嫌。

当然，纯用“鱼云”的名馔也不是没有。1972年，叶剑英元帅陪流亡的西哈努克亲王访问苏州，接风宴上有一道“咸菜豆瓣汤”，亲王吃后赞不绝口，几个月后再访苏州，竟自己主动点了这道菜。

这事儿其实有些诡异，咸菜豆瓣汤本是江淮地区流行的一道小菜，无非是经霜的雪里蕻油爆后捞出，而后取新鲜上市的蚕豆，剥出豆瓣，加水烧开后倒入爆好的雪里蕻末，图的就是初夏的那一份爽脆口感。西哈努克虽流亡他国，但贵为亲王，什么样的山珍海味没吃过，怎么会对这一道平常的江淮小菜如此上心？还是厨师揭开了答案，原来这豆瓣并不是寻常的蚕豆所剥，乃是用当地的塘鳢鱼鳃边的“鱼脸肉”所制，再加上是用腌制后的雪里蕻提鲜，可谓荤素搭配、相得益彰，无怪乎亲王会一吃难忘。

回到唐朝吃脚鱼

原谅我，做了一回标题党。

我不架空，也不会穿越。脚鱼是真，唐朝却不是你想象中的那个“菊花古剑与酒”的盛世大唐。当然，你对株洲餐饮界稍有些了解的话，一定明白我说的这个“唐朝”指的乃是响石广场东侧的“唐朝食府”。

关于脚鱼的滋补功效，想必不用我过多介绍，诸位看官心里自有一套自己的评估体系。此次重点介绍的是它的烹饪手法——用农家丝瓜同焖，别有一番风味。

脚鱼好吃，重点在选材，野生比之养殖，当然不可同日而语。只不过，现在野生的脚鱼踪影难觅，打“野生脚鱼”牌号行“挂羊头卖狗肉”者屡见不鲜。唐朝食府的店主倒也并不讳言，自言自家脚鱼虽非野生，却也非温室养殖的流水产品，“算是半野生的吧！”

你稍微露出些不信的表情，他会拉着你直接到水池前去看，并随手捞起一只，给你讲解如何判定脚鱼是否是野生。

“一看甲背外表，野生者光滑平整，皮薄均匀，有蜡质光感，养殖的会有粗糙疣粒，且无光质感；二看甲背颜色，灰黑色、土黄色、褐底黑斑色自是野生，黑中透绿、黄中带绿、绿青苔色则非养殖无疑；三抵押腹甲，野生脚鱼腹软骨弹性较大，用手指抵押反弹力大，而养殖的则感觉软沓，反弹无力。”

照这套路一一验去，自非养殖无疑。

这边厢验明正身，早有厨师一刀割下，拎去后厨收拾不提，那边厢，店主已唤我们入座。

待得坐定，环顾四周，顶吊得极高，其上悬有古朴厚重的瓦当，这正是典型的唐朝建筑风格。大厅设置也颇有讲究，沟渠蜿蜒，流水潺潺，曲径通幽处还有小桥相连，倘真有眼神不济之人，酒阑灯灺之时，揉揉惺忪的醉眼，怕莫真以为梦回唐朝了。

菜开始一道道端上桌来。媚娘豆腐，豆腐与肉末儿同烧，咸香嫩滑，自然曲解的是“软温新剥鸡头肉，润滑初凝塞上酥”之典；胡虏肉，自然与“壮志饥餐胡虏肉，笑谈渴饮匈奴血”密不可分。你非要较真儿，说此句取自武穆将军的《满江红》，似乎与唐朝有点儿脱节，马上就有人反驳，唐朝的胡虏比之宋时更为可恶，那扰乱唐室江山的安禄山正是胡人。还有人开玩笑道，店主可以开发新菜“禄山爪”配套上桌，这就多少有点儿少儿不宜的意思在里头了。

菜上了不少，可重头戏脚鱼还未见踪影。店主让我们少安毋躁，脚鱼要炖入味儿，需要一定时间，切不可贪快，否则，厨师偷工减料，再好的原材料出来的也是一堆中看不中用的废材。

约莫半小时，一大盆冒着热气的野生水鱼焖丝瓜就端上桌来。坦白说来，此菜品相并不叫好，脚鱼已剁烂，看不出全须全尾的霸道劲儿，丝瓜则大切成块，跟脚鱼块同卧浓汤之中，倒是面上浮着用以点缀的红椒、青蒜稍微挽回一点儿颜面，使之不至于太过寒酸。

真正的妙处得在下箸之后才能体会。那脚鱼已煨至烂熟，入口酥烂，鲜辣逼人，且因加了丝瓜，还带着丝丝的鲜甜；而那丝瓜，饱吸了脚鱼煨出的汤汁，竟也变得肉香四溢，爽滑可口，不提前告诉你的话，你丝毫想不到，刚刚入口的竟是菜蔬，而非肉食。

店主告诉我们为何要用丝瓜：丝瓜煮出的汤汁浓郁，可以裹住脚鱼中的营养成分，确保其不在烹饪过程中流失，且更可增添汤汁的黏性，使之巴黏可口。

江湖传言，坊间养殖脚鱼冒充野生的，厨师往往在炖制过程中打入荷包蛋，待起锅时再捞出，如此可使汤汁具有巴黏的口感，也可以骗到不少外行。吃了这菜后，有个疑问，那缺德厨师为何不用丝瓜呢？不是更黏口吗？

脚鱼和丝瓜吃完，那巴黏的汤汁也是妙物，用来下饭再好不过。与我们同席的柄哥，武道中人，酒量颇豪，饮至微醺，竟就着那汤汁连吞下三碗白米饭，让你不得不相信武侠小说中那快意江湖的大侠动辄“一壶烧酒、二斤牛肉”的海量确非虚言。

最爱小炒肉

夜读野夫《掌瓢黎爷》一文，内里提到一句厨帮俗语——“牛肉服青菜，鳝鱼服紫苏”，意思是做菜跟做人一样，得合乎规矩，厨子的命就别想着要当老板。同样，身为草根，吃惯了地沟油，偶尔吃回海鲜什么的，肠胃还会受不了，似乎在这句厨帮俗语之后加上一句“草根最爱小炒肉”最是恰当不过。

为什么说草根最爱小炒肉？一个原因是极易筹办，青椒数个加猪肉半斤，价廉且油水富足，解馋又美味；再个原因嘛，这道菜并不需要多么繁复的操作步骤，热油猛火炒出，佐酒下饭都极为方便。

尽管是草根的至爱，但小炒肉也曾是高富帅的心头好。福建人梁章钜，清道光年间重臣，退休后写了本《归田琐记》，记录数十年宦海沉浮的所见所闻，内里专有“小炒肉”一节。说年羹尧事败后，姬妾星散，有落魄秀才花重资购得一姬，其自言为年府中司饮馔者，且专司小炒肉一味，秀才央求做一份尝鲜，却被对方骂了回来，说道：“年府中一盘肉须是整猪一头，只取最精处一块用之，你每次买肉也就斤把两，巧妇难为无米之炊，让我如何做？”

好巧不巧，过不几日，村里办赛神会，例用肥猪一头，恰逢秀才轮值分肉，会后将猪拖至家中，急唤妇人前来割肉，妇人却又是一番埋怨：“我在年府的时候，用的都是活猪，这猪死了，味道要差很多，也没别的法子了，勉强给你做道菜吧。”

不过片刻，精简版的年府小炒肉上桌，妇人让秀才先行尝过，自去后厨收拾杂物。及妇人再入房，却见秀才已瘫倒在地，气息奄奄，忙去查看，却见“肉已入喉，并舌皆吞下矣！”小炒肉好吃得令秀才连舌头都吞了下去！

这个故事流传极广，民国时期著名出版人徐珂编撰的《清稗类钞》也提到了这个故事，只不过省略了之后秀才将舌头都吞下去的情节。有次与湘菜大师崔寅先生吃饭，席间他也提到了这个故事，还很遗憾地说起，数百年来，至今还没有哪个厨师考证出这块肉究竟源出何处。

吾友任大猛，长沙民俗研究者，亦是美食专栏作家，一日在微博聊起长沙城内近日流行的美食，言猪横膈下，有一块膜包精肉，名膈仓肉，味极鲜美，一头猪仅一斤许，辣椒或大蒜炒之，最宜佐酒。唯乡间屠户，能专门搜此，特供长沙一些特色小酒楼，限量供应，食客闻香下马。

私以为，任大猛兄提到的膈仓肉即是《归田琐记》里所记年府姬妾所烹之小炒肉的原材料，但又不太确定。幼时在家，宰年猪时主家也会将隔仓肉单剔出来做菜，味虽比他处之肉鲜美，却也不至于连舌头都要吞没下去。

如是看来，今日之膈仓肉没有当日年府的小炒肉鲜美，原因不外乎两个：要么如崔寅所言，现今厨师还没考证出那块肉出自何处；要么那年羹尧府上的姬妾，自有一套秘不示人的厨艺，现今厨行众人难以窥探究竟。

不管是何种情形，年羹尧府上那黯然销魂的小炒肉终也只能存在于笔记小说和厨师们口耳相传的传说之中，即便富若郭台铭者，想吃小炒肉也只能如我等一般，去菜市场购肉半斤，后腿肉为上，肋条次之，肥四瘦六，细切成条，先下肥膘使之出油，而后本地辣椒切斜刀块，与瘦肉一同下到油锅，蒜子、料酒、老抽、精盐适量，大火猛炒至断生即可出锅。肉片焦韧，辣椒脆嫩，二者相得益彰，可下米饭三碗，可佐老酒半斤。

只有在小炒肉一途上，草根和高富帅才拥有了同样的审美追求。行文至此，不知是该高兴还是该绝望。

鱼肉湘里

我这辈子崇拜的人不多，我爸算得上一个。

我爸是个地道的农民，却很早就不事生产，他早就知道，一个农民再辛劳，也不可能带来家境的改观，既然如此，那么辛劳又何必呢？

当然，他也有自己的谋生手段，譬如走街串巷贩卖些农资产品，在临近的村镇打打短工，尤令他热衷的是，每逢村中有红白喜事，他必是主厨之一。

他非科班出身，也没有正经拜师学艺，所有厨艺都源于日常经验，但这却并不妨碍他成为乡邻们心目中口耳相传的名厨。

既然来源于日常经验，与科班出身的行家相较，他所出产的菜品自然也算不上精致，但征服一帮穷苦乡亲的胃已然足够，更何况，他还时不时地在日常经验之外玩出些新花样来，譬如那道至今仍在吾乡宴席中立于不败之林的鲫鱼肉丸汤。

吾乡地处洞庭湖平原，虽物产丰饶，却也和全国大多数人民一道，很是过了些年食不果腹的苦日子，由此落到生活经验上便是极度节俭，即便物资供给大有改观之后，也仍然如故。我仍记得幼时，非有客来，饭桌上是难见荤腥的，即有荤腥，也只一味，要么肉，要么鱼，鲜见二者同时上桌。大人的理由是，以前过苦日子的时候，饭都没得吃，现在生活好了，有荤有素，哪里还有这么多的穷讲究？

过了几年，农民手头宽裕了，虽然节俭的秉性一以贯之，但在吃的方面终于放开了手脚，饭桌上出现几道荤菜是常事，连我爸这个俭省一辈子的老农也开始研制他的鲫鱼肉丸汤。

此菜并不复杂，斤把重的野生鲫鱼下油锅与姜片略煎，加水大火使沸，撇去浮沫，改小火熬出乳白色汤汁，再下手工剁制的肉丸，挨熟下盐调味，起锅放葱末和胡椒粉即可。鲫鱼汤本是极鲜美之物，又饱吸了手工肉丸的汤汁，其鲜美自然可想而知。如果非要说有什么技术含量的话，手工剁制的肉丸倒颇值一说——肉丸非自行剁制不可，市面所售没有那个筋道劲儿，须选肥二瘦八的后腿肉，细细剁碎成泥，并在剁制的过程中加精盐和姜末调味，为保持成品肉丸的筋道，还须略加生粉，尤为重要的是，须用刀背剁，避免在剁的过程中砧板上的木渣也跟着一起混入肉丸，影响口感。

这道菜何时试制成功已不可考，反正小时候我爸在家给我做过几回吃，而后吾乡宴饮此菜便成了保留节目——本来这菜就没多少技术含量，一般的厨师自也能手到擒来。

后来看书多了，知道这菜并非我爸的专利，台湾食家逯耀东写过一篇《红楼饮食考》，详细考证《红楼梦》中的各道精美食材的出处及制作方法，譬如名菜“老蚌怀珠”，乃鳜鱼所制，“形似河蚌，内藏明珠，以油煎烹而成”。逯考证，这道菜与清乾隆年间扬州流行的名菜“荷包鱼”类似，用鲫鱼，以臊子为馅塞鱼腹内，形似荷包而得名，“‘荷包鱼’由徽州传入，是徽州盐商的故园俚味，由徽菜中的‘沙地鲫鱼’演变而来，亦名‘鲫鱼怀胎’，与曹雪芹‘老蚌怀珠’相近”。

我爸没看过《红楼梦》，更没去过安徽，在美食一途上，这个躬耕田野的山野村夫竟然与几百年前的文豪不期而遇，这也算是厨子界的一段佳话了。

大概两个多月前吧，湘村柴房东湖店的刘总研发出一道新菜，请我前去试吃，我一看就乐了，一锅熬得浓酽的汤汁，黄鸭叫为主打，其间点缀着十数个圆滚滚的肉丸子。刘总说，此菜是从洞庭湖区引进来的，彼处水产丰饶，沿湖渔民多以此来待客。我说“不然，此菜本脱胎于徽菜，非湖湘土产”，并重述了一下前面的故事。

我夹了一颗肉丸塞入口中，与记忆中的美味不谋而合，我想起辛劳了大半辈子的父亲，上次回家见他发际已然斑白，他烟抽得少了，也怯怯地劝我少抽，他现在已经不进厨房，一进就咳嗽，医生说是年轻的时候呛了太多的油烟，已然形成了应激反应……

我想，这个中秋我应该回一趟老家，给我爸做一份原样的鲫鱼肉丸汤，并给他说说这道他引以为豪的“专利”与曹雪芹的关联……一颗泪珠在眼眶里转了又转，终于还是没有落下来。

前尘旧事红烧肉

年轻的时候，我常常抱着脑壳痛苦地思索一个永远无解的问题：我这辈子是不是饿死鬼投胎，不然何以一见到吃的，肠胃就不由自主地痉挛。

这个问题其实很好解释，生于20世纪80年代初期的农村孩子，虽然物资充裕程度已较上一辈人大有改观，但在贫瘠而落后的农村地区，油水缺乏的现实生活仍然如故，又恰逢“吃长饭”的年纪，常年对食物极度饥渴也就顺理成章了。

在遥远而贫瘠的少年时代，若说何种食物最能勾人馋涎，答案自然非红烧肉莫属，油汪水亮，解馋又管饱，当然，也有可能跟不常吃到有关。

如前所述，彼时乡间物资虽较之前要充裕不少，但红烧肉是扎扎实实的纯肉，不比其他小炒，割半斤肉，配点自家菜园中的菜蔬就能糊弄过去，因此，非过年过节或有贵客登门，是轻易不见其上桌的；再有一个，红烧肉还有些考验厨师的功底，须细火慢煨，且所用调料颇多，乡间一般无所师承的煮妇也难以操办——我爸是乡间小有名气的厨子，经常被邻居们叫去帮忙做此菜来待客，耳濡目染下，虽不能尽得其精髓，但也有七八分神似。

红烧肉各地皆有，制法也大同小异，尤以毛家饭店所制毛氏红烧肉最为知名，很多人便想当然地将红烧肉作为湘菜代表了，其实不然。伟人爱吃红烧肉不假，不过这道菜却是自川菜演变而来。

三年前我在广州，因误信匪人而流落街头，最窘迫时甚至连一日三餐都难以为继。有位恩施籍的女性友人，探知我的窘境，又不便强行施舍伤我自尊，便以我厨艺不错，让我替她做饭为由将我叫到家中。冰箱里正好有上好的五花肉，厨房里各式调料也齐全，于是将肉化冻，洗净汆水，切块，炒糖色……个把小时后，一大碗油汪水亮的红烧肉便摆上餐桌。

那顿饭我吃撑了，光红烧肉就吃了小半碗，而她，只是一个劲儿劝我多吃点。第二天，她自己又照着我教给她的方子试做了一份，并横跨半个广州城区送到我蜗居的破出租屋……那是我人生中最窘迫的日子，却也收获了人世间最难得的情谊，当然，还有那日夜萦绕于心的红烧肉的油光。

那些过往的窘迫岁月如烟尘一般飘散在时光深处，现在的我，一日三餐不会再无着落，只要领导不炒我的鱿鱼，以现在的肉价，一天买上十斤五花肉也不在话下，而红烧肉，因嫌其制作过程太过烦琐，已很久未在我的餐桌上出现。

直到那天，多日不通音讯的她忽然在QQ上问我，何时能再回广州，她想念我做的红烧肉，我“嗯啊”敷衍，只说得空自会前去，当然，仍然还会给她做红烧肉。然后，下班回家的我直奔菜市场，切了斤五花肉，转身又在路边买了十数枚鹌鹑蛋。

回到厨房，先将鹌鹑蛋煮熟，剥壳后用牙签扎满小孔（方便吸油），然后五花肉洗净汆水，凉后切成两寸见方的块，锅底热油，下冰糖小火炒糖色，肉块、八角、桂皮、干红椒、老姜、蒜子一起投入油锅，下料酒去腥，再略加老抽调色，匀速翻炒两至三分钟，放水没过肉面，大火烧开，撇去浮沫，以鹌鹑蛋打底，移入沙煲之中，小火焖煮45分钟，再大火烧开收汁，与此同时加盐和鸡精调味，起锅时放葱花和胡椒粉增香。

依然是记忆中的美味，肉香触鼻，入口滑软……可我只吃了两块就吃不下去了，尽管用了鹌鹑蛋来吸油（以往都用干豆角或者笋干，既然追忆往事，原材料一定得选最优质的），可我还是觉得太过油腻。

我颓然地坐在椅子上，捧着日渐鼓胀的肚皮，痛苦地回忆起一个曾经饥渴难耐的翩翩少年郎，如何就变成了现在这样一头胆固醇偏高的中年怪蜀黍。再想起那些在我生命中来回往返的花儿们，如今都盛开或凋败在他人怀里，面对这碗依然油光水亮的红烧肉，我的肠胃再一次不由自主地痉挛起来。

大块吃肉

幼时在家，最喜跟外婆抢食。无他，外婆有个不知用了多少年的陶罐，她辈分大，常有晚辈前来探访，乡人重礼，探访往往随身带着礼物，大多水果点心之类，客气的也会割上三两斤猪肉以表孝心。

每逢此时，外婆总会割下半斤左右肥多瘦少的猪肉，砧板上剁成大块，而后放入陶罐中，再加些豆豉辣椒之类的作料，做饭时便放在灶头，一顿饭做完，肉也煨得差不多了……

我是外婆的宠孙，这肉自然也有我的一份。因为够火候，肉已煨至酥烂，肥油熬出，尽入汤汁之中，瘦肉又饱吸了汤汁中的油水，亦熬得糜烂，入口则化，全不费牙口，不管是于我这样的垂髫小儿，还是外婆那样的古稀老者，在彼时苦寒的乡居时光中，便是难得的美味了。

许是自小受此熏陶，成年后我变成了一个不折不扣的肉食主义者，须是猪肉，须是五花肉，曰红烧、曰回锅、曰粉蒸、曰梅菜扣……统统大切成块，一方方的晶莹剔透，犹自在碗里或者紫砂罐中颤动不已，那才是吃肉的至上境界。

其中翘楚自然非闻名天下的东坡肉莫属，按《清稗类钞》的定义，东坡肉为“猪肉切为长大方块，加酱油及酒，煮至极融化”——恰与旧时外婆的烹饪手法不谋而合——传说为苏轼任杭州太守时所创，西湖边的楼外楼便自认为该地出产的东坡肉最为正宗。

是的，我到了西湖，却并未去楼外楼。田老师跟我说，个板马（武汉方言，语气词——编者注）只有外地人才去楼外楼吃饭，又贵又难吃，尽管他自己来杭州也才仅仅两年——田老师是我十年前在武汉厮混时的朋友，我们一起经历过很多荒唐却不乏激情的青春岁月——客随主便，就这么一句话，田老师开车带我到了运河边的“院子餐厅”。

“院子餐厅”是杭州近年兴起的一家较为知名的私房餐厅，紧邻京杭大运河，风景秀美，除了清淡的杭州本帮菜外，也有改良版的“重口味”川湘菜系，大众点评网上也得分颇高。田老师说，本帮菜估计你吃不惯，咱来点重口味的吧。

边等上菜边闲聊，田老师这位当年的摇滚青年如今已蜕化为虔诚的佛家居士，不过尚未“斋戒”，点的菜品仍然肉食居多，我念兹在兹的东坡肉也在其间。

端上来的是一个粗瓷大碗，四方周正的肉块，底下是在肉汁中卤过的鸡蛋，翠绿的葱花点缀其间，卖相着实诱人。夹起一块放入口中，微甜，想是用冰糖炒的糖色，肥肉酥烂，瘦肉略带嚼性，卤汁也调得恰到好处，唯一不足处在于，此肉是先行过油再焖煮——此乃川湘一带红烧肉的典型做法，并非传统的东坡肉做法——肉中的肥油未能尽泄汤汁之中，美则美矣，但吃个三两块便腻得再无下箸的勇气。

我看着这盘改良后的东坡肉，窗外便是灯火璀璨的京杭大运河，想起小时候外婆跟我说过的白娘子的传说，想起她从陶罐中捞出一块肉塞到我嘴里，如果她仍活着，今年正好是整一百岁。

Part 3 陪你食尽人间烟火

大抵人亦如辣椒，呼风唤雨的毕竟是少数，大多如你我这般的芸芸众生都只是世间这出大戏的配角，而在某个时间段的某个人看来，你却是独一无二的主角，你所需要的，只是耐心等待，等待那个正确的人在正确的时间出现。

热腾腾的白米饭

一碗小炒肉，一碟刨盐鱼，再加一份儿清炒芥蓝，当然，每个人面前都少不了一碗热腾腾的白米饭。在座的都是知根知底的熟人，俗礼自是不必再拘，也没人客气，各自埋首扒拉面前饭菜，不过顷刻，碗盘皆空，这才点上一支烟开起荤素不拘的玩笑来，略略竟有了些重返阳世的错觉。

仅仅半个多小时前，这一众踞案大嚼的男女还衣冠楚楚地坐在相邻不远的某星级酒店里推杯换盏，与眼前这些略有些简陋的菜肴相比，星级酒店里精美的菜品称为国宴标准也不为过，不管是摆盘造型还是营养搭配都更为讲究，甚至就连口味也更胜一筹——毕竟，食材品质清楚明白地摆那儿——但仍然阻挡不了一众吃货奔赴这简陋的所在加餐，无他，只因为之前的所在并无米饭提供。

我不想过多论证米饭对于一场饭局的重要性，在越来越多外在的仪式感替代充饥需求成为饭局的主角之后，一碗平凡的米饭便显得有些多余。是啊，这年头，谁还缺饭吃啊，我们吃口味，吃环境，吃情调，吃逼格，吃所有的一切，就是不用吃那碗用以填充肚腹的白米饭。

但是，既是吃饭，怎么能没有饭呢？好比做爱，没有了爱，还有何乐趣可言？所以，在外头吃饭，不管菜肴多么精美，若是少了这一碗冒着腾腾热气的白米饭，总归有些意犹未尽，如文章开头所述的补餐场景便成了题中应有之义——悲摧的是，因着美食记者的因缘，所赴应酬饭局颇多，这样的场景一星期总要上演三两回——还是袁才子归纳得透彻，“往往见富贵人家，讲菜不讲饭，逐末忘本，真为可笑”。因为他认为，“粥饭本也，余菜末也”。

其实，何止富贵人家，现今市场竞争激烈，大多数餐饮门店都在菜色的翻新取舍上费尽脑筋，唯独忽略了最为根本的米饭。往往一个铁质的保温桶端上，选米不精，淘洗不细，火候也不讲究，更有将剩饭掺入新米之中同煮——行内称为“阴阳饭”——嚼之不动又难以下咽，任是如何精美的菜品，在这一份哭笑不得的米饭面前都会黯然失色。

米饭如何好吃，袁才子在《随园食单》中也说得很详细：一要米好，那些名贵品种且不去说，起码得是新米，陈米味道要差好远；二要善淘，多多淘洗，直至淘米水“竟成清水，无复米色”；三要“相米放水，不多不少，燥湿得宜”；最后便是火候掌控了，先武后文，“闷起得宜”——感谢日本人民发明了电饭煲，这个以往最难掌控的步骤在今天成了三岁孩童都能掌握的基本技能。

袁才子还说，“饭之甘，在百味之上，知味者，遇好饭不必用菜”。这个我有深切体验，有次朋友送了我一包五常大米，5kg装，市价据说近300元，米粒细长，颗粒饱满，色泽青白，有浓郁的米香味，淘洗净后煮熟，满锅子的晶莹剔透，米香味儿也更为浓郁，入嘴软糯，又带一丝回甜，根本不用任何菜肴，单米饭就能下肚两大碗。

当然，这只是偶能为之的豪奢之举，好米稀缺，价格也贵，似我这般的工薪阶层，还是老实去超市买那价格适中的大路货，两三元钱一斤，淘洗干净，入锅掌握好水米比例，只要是新米，总不会难吃，再配上三两个下饭的荤素菜肴，呼啦啦扒拉下肚，这才是正经的吃饭嘛！

煲一锅好汤

基本上，我评价一家馆子的好坏标准之一是他们家的汤做得如何。不必多繁复的烹饪手法，也无须多金贵的食材，细火慢煨，时辰够了自然汤鲜味浓。

要做到这一点并不复杂，无非是多费些时间，可对于一切以快捷为要的现代商业社会来说，能费尽心思地煲出一锅好汤来，实在不是一件容易的事儿。

我对汤的喜爱可以追溯到遥远的幼童时代。乡居苦寒，虽已过了饿肚子的年代，日常饭菜中不见半点荤腥也是常有的事儿，小孩子耍性子，往往不肯好好吃饭，大人便施展浑身解数哄小孩子吃饭，“十分营养七分汤”，大人边说边将菜碗中的汤汁滗到孩子的饭碗中，小孩子哪里懂这些，懵懵懂懂地咽下，发现相比淡的青菜萝卜，这些汤汁的味道更为浓郁，饭也能吃下了，从此吃饭便指名非汤泡饭不肯吃了。

其实，幼时喝的哪里是汤，说菜汁更贴切一些，无非是苦寒岁月里一些稀缺的温暖，为成年后的回忆增添一抹亮色罢了。真正对汤有了全新的认识，是客居广州的那三年。

美食家说“食在广州”，我总认为有些夸张，各地有各地的特色饮食，厚此薄彼显然不够客观。但要是说“汤在广州”，恐怕没人会有意见，你能找到的任何食材，广州人都能给你煲出一锅生鲜滚烫的好汤来，龙骨花生，凉瓜排骨，霸王花老鸭……并且，在日常饮食程序中，喝汤是排在吃饭前面的，若无靓汤，那顿饭是怎么也无法下咽的。电视剧《我的团长我的团》里有个叫马大志的广东兵，外号“蛇屁股”，这位哥在剧中被日本兵包围，几个人都在为性命担忧，他却感叹道：要是有条蛇煲汤喝一下就好了。这当真是爱饮汤的广东人的真实写照。

煲汤煲汤，一在煲，二在汤。煲是器皿，也是烹饪方式，须细口宽肚的汤煲（紫砂为上，陶罐次之，钢铁等金属等而下之），须细火慢煨，中途不能启盖；汤须趁热喝，冷了的话营养效果要大打折扣，即便街头排档提供的免费例汤，当地土著也能就其烫嘴程度来判定这家店的生意好坏。

彼时客居，租住的地儿颇简陋，一床一几外再无他物，自然也无雅趣亲力亲为地来操持一日三餐了。倒是去不少广州土著家中蹭过饭，惯例都有一锅煲得生鲜滚烫的好汤，他们要给我盛汤，我总会客气地推让，说先吃饭，待吃饱饭才施施然地舀一碗汤慢慢地饮——汤饱肚子，先喝汤的话，一会儿饭就吃不了多少，不划算——听完我的解释，一个个都一脸不可思议的神色瞧着我，悭钱娶心抱（广东方言，省钱娶媳妇——编者注）呀！

心抱一直没娶上，不过，这喝汤的爱好却保留了下来。重回湖南，新租居虽一样简陋，但好歹有了厨房，锅碗瓢盆一应俱全，甚至还在灶台底下搜出一个不大的电磁紫砂煲来，也不知是房东还是前任房客留下的，擦洗干净，竟然还能用，如是，闲暇时间自己给自己煲一锅汤便成了自然而然之事。

或者几块排骨，或者半只土鸡，斩块洗净汆水，而后放入紫砂煲中慢慢地煨，这期间不去管它，该干吗干吗，待得肠胃微微蠕动，紫砂煲中的靓汤也煨够了时辰。启盖，热气带着浓香满头满脸地扑，满满地舀上一碗，一个人坐在客厅慢慢地喝。

离开广州三年后，我终于学会在饭前喝汤了。

“蒸”不容易

友某外地出长差返株，约吃饭。刚毕业的小伙子，事业还在起步阶段，所幸有个贤惠的女友，在友人出长差的日子里将一个小家收拾得井井有条，在家就更不须提了，友人只管在外忙碌奔波，回家保管有热腾腾的饭菜候着。就譬如这次约我吃饭，所有菜肴都是他媳妇儿一手操办的，仿佛知道我吃货本色，这厮电话邀约的时候还特意加了句：“我媳妇儿手艺可棒了！”

按约定的时间提前到，友人已泡好茶候着，有几个比我还急性的朋友早在客厅支起桌子，互相交流起国粹技艺来，女眷们则帮着女主人在厨房里忙活，我孤家寡人一个，不便入内指导，索性拖过张椅子坐下看起牌来。

未及片刻，便叫吃饭。好家伙，不大的饭桌摆得满满的，荤素皆有，凉热兼备，虽然尽皆辣椒炒肉、番茄炒蛋、拌海蜇丝之类的家常菜肴，倒也清新素雅，有模有样。味道也中规中矩，在业余水准中算是难得靠谱的了，尤其是在听闻她一年前还是“十指不沾阳春水”的娇娇女，在和我这哥们儿恋爱之后才开始在网上下载下教程开始学着做菜。如是说来，这“贤惠”之名端的是实至名归。

主人客气地招呼大伙儿喝酒吃菜，还特意将一碟清蒸鱼转到我面前：“我媳妇儿的拿手菜，尝尝！”鱼是鲫鱼，上覆姜丝和葱段，鱼皮微微起皱，持筷探去，附着在鱼骨之上的鱼肉应声而落，在盘底蘸下浇上的蒸鱼豉油，入嘴咸鲜嫩滑，业余水准中已算难得的佳品了。

然而，这份赞赏只维持了不到3分钟——众人听闻是拿手菜，纷纷举箸探去，不一会儿鱼身向上的一面便现出森森白骨，完了大家翻过鱼身继续奋战，只夹了一筷子，便听“哎呀”一声，却是原本靠碟底的那面鱼身的肉被夹走之后，现出的鱼骨犹带血丝，鱼肉自然也腥不可闻。

“火候有些欠，再拿去回下锅吧！”友人怯怯地替媳妇儿解释，他媳妇儿也是一脸无辜：“我明明蒸够了10分钟啊，怎么会没熟呢？可能是今天这条鱼比较大吧！”说着，询问的目光便探向了我这边。

我问她，这蒸鱼是如何个做法，又师法何人？答曰：鲜鱼治净，干布抹去血污，上覆葱段、姜丝，入锅蒸10分钟，而后取出，滗出汤汁，再趁热浇上蒸鱼豉油即可，做法嘛，也无固定师承，百度上的教程一搜一大把。

闻听至此，我已了然于胸，不是火候不够，是她网上下载的教程有误。活鱼味鲜，清蒸之法最能保其鲜美，唯火候控制不易，过则失之老柴，欠则腥不可闻，兼之鱼之门类，火之大小，蒸锅之导热性能各有不同，火候拿捏也全凭经验，非长期司厨者断难掌控。所以，但凡有初涉厨行者说自己拿手菜是“清蒸鱼”，要么是吹牛，要么就是无知……

一席话说得对方面色有些难堪，我也意识到有些过了，忙改口道：当然，很多人一开始学厨都拿捏不准那些复杂的烹饪流程，什么红镬、白镬、炝锅、氽水、泡嫩油之类，弄明白意思都不明白，遑论按部就班地操作了，还是清蒸好，食材准备好，入锅蒸够时间，再调味就OK了，尤其是做了一两次之后，还不算难吃，也就可以对外宣称是自己的拿手菜了……

“那你说说，清蒸鱼要如何做才最好呢？要不，下次你做给我们吃。”许是对我的解释并不满意，朋友媳妇儿急了，直接“将我的军”。

我有些难堪地笑了笑，道：“蒸鱼我做不好，但好的蒸鱼应该如何做我还是知道的。你网上下载的教程大体是正确的，但有些细节并不到位。鱼要现杀这不用说，能最大限度地保持鲜美，你可以等到蒸锅里的水快开的时候再杀鱼最好；再一个，你烧水的时候可以把蒸鱼用的碟子也一并放到蒸锅里，等水开了，蒸碟也够热了，再把鱼放里面才成；还有，葱段也不是放在鱼身上的，而应该在碟中垫底，使鱼身和碟之间有一定的空隙……为什么要这样？因为蒸汽是无孔不入地渗透进鱼身才使之变熟的，如果碟是冷的，又不以葱段垫底的话，靠碟的那一面鱼身便没有蒸汽渗入，你觉得火候刚好，其实底下还没熟呢。你想一下，你今天蒸鱼的时候是不是没有预先将蒸碟蒸热？”

边说着边打量对方神色，见其先是不屑，继而沉思，继而作恍然大悟状，我就知道，这番话显然是说到点儿上了。于是继续“布道”：“当然咯，这法子我也没试过，一个是我对火候把握还不够精到，另个嘛，我口味稍有些重，买鱼向来都是红烧或者香煎，很少清蒸。虽然没试过，但道理总不会错，陈梦因在《食经》里写《蒸肉饼与厨师考试》还专门解释过这个，尽管他拿来做例子的是黄脚鱲这样的海鱼，但只要是鱼鲜，总不会相去太远……”

“所谓大道至简，这个‘简’也是有规律可循的，就像烹饪中的‘清蒸’一法，看似只要将食材放入锅中蒸熟即可，其实这中间的过程讲究之处可多了……好吧，好像扯得有些多，今天就说到这里吧，以后你们多请我吃饭，这厨行当中的门道我再慢慢给你们掰扯掰扯。”

“切！还真拿自己当大厨了，整个儿一光说不练的‘嘴炮党’！来来来，我们继续喝酒，甭搭理他！”对我“无耻”的蹭饭要求，他们显然并不打算从命。

哎，愚蠢而不思进取的人类啊！

红烧一切

因戴了顶“美食记者”的帽子，朋友们聚会的时候，我往往会被推举为压轴大菜的制作者。这也不奇怪，我们这代人比上一代人物质充裕太多，娇生惯养者比比皆是，长大离开父母的羽翼庇佑，除了对厨艺特别钟爱之人，大多数人的一日三餐都是照着美食APP学的，亘古不变的青椒肉丝和番茄炒蛋这类的家常菜，平常过自己的小日子倒也凑合，真要拿来待客，未免也太过拿不出手。

所以，每每此时，都不用人家推举，那最后一道压轴大菜往往都是我主动请缨，完工后收获的赞誉也让我颇有些“大厨”的自得。当然，这并不是说明我厨艺有多么高超，刀工、火候、调味、摆盘都能恰到好处地结合到最佳状态——恰恰相反，以上诸多烹饪的方方面面我并不擅长——之所以有“大厨”之谓，乃在于我摒弃了烹饪之道上的一切繁复形式感，浓郁可口之外不做他求，红烧便是最好的选择。

红烧，烹饪手法之一种，食材（多为大荤之物）煸炒之后再行焖煮，成菜色泽红亮，口味咸鲜中略带一丝回甘，非重要宴请的朋党欢聚中有此物已可算难得的“硬菜”了。更为重要的是，只要是大荤的食材，按此法操作出来的成品总不会难吃，譬如在我的私人菜谱中占有重要地位的“茅氏红烧肉”。

上好带皮五花肉斤半，洗净汆水捞出，过冷河（可保肉质紧实），切半寸见方的肉块；锅底放油，油热丢入几块冰糖，小火将冰糖炒化，再改大火下肉块翻炒至均匀裹上糖色；下干红椒十数颗，八角两粒，桂皮少量，香叶三四枚，陈皮一小块，姜蒜适量，边翻炒边喷些许料酒去腥，同时酌加酱油上色；放开水没过肉块，大滚之后撇去浮沫，与此同时，将煮后剥壳的鹌鹑蛋同下到锅中（如果勤快的话，剥好的鹌鹑蛋可用牙签戳些小孔，更为入味，也吸油）——当然，这是待客的豪奢之举，个人自食的话，可以放些泡发的干豆角或者笋干之类，都是为了吸油解腻——再改文火，盖上盖儿，然后你该干吗就去干吗，可以另锅准备别的菜肴，也可以跑到客厅和朋友吹牛扯淡，甚至可以打开手机上的社交软件跟妹子们逗上几句闷子，或者，哪怕什么也不干，就在书房里翻翻闲书，敞着门便能闻到厨房里飘来的阵阵浓郁的肉香也是件极美的事情。但有一条要注意，此时要沉得住气，切不可贪恋肉香，频频启盖探视，如是，烧出的肉便会失之于老柴……总归要如是焖上一个小时以上，此时肉已酥烂，汤汁也少了不少，再加盐调味，改大火收汁——如果嫌颜色不够红亮，还可以再加些酱油上色——出锅撒些胡椒粉和香葱末，入口即化，咸香凛冽，这些美好的形容词都不足以描摹其万一——日前认识同行美女一枚，见面即恭维老夫厨艺了得，我正纳闷这深藏未露之技何以让她知晓，却原是她的某个同事机缘巧合下曾吃过一回我的“茅氏红烧肉”，两年之后仍念念不忘，连续用了数个“非常”来强调其“好吃”。

肉可以红烧，鸡鸭牛羊等一切大荤之物均可以如是处理，也许步骤上会略有差异——譬如鸡鸭的腥膻味较大，汆水难以祛除，可以起白镬（即不放油干炒）并喷料酒炒干后再行煸炒——所用配料也各有不同，但大体走以上的烹饪方法总不会离题太远。

某种程度而言，红烧可以看作我们抵抗庸常生活的方式之一种，那些加之于身的苦厄别离恰如红烧前的油煎煸炒，裹上一些所谓沧桑的底色，在岁月这口锅里小火慢煨着，有些油腻又不至于让人反胃，有些微甜也只是稍纵即逝，然后回首这漫长且庸碌的一生，也还算过得去了。

卤味人生

我喜欢吃卤菜，这是小时候培养的爱好。那会儿经济条件还不是很好，家中偶有客来，又快到饭点儿，备菜来不及，父母便扔我几张散碎票子，打发我去村口的毛师傅那里买些卤菜回来待客。

毛师傅本不姓毛，只因做事毛手毛脚，木匠、泥瓦匠什么的都学过，就是不成器，村民们就这么叫他，即便他学得一手做卤菜的手艺并以此为业之后，人们也从不改口。那会儿还没这么严重的食品安全问题，吾乡地处洞庭湖区，向为鱼米之乡，物产丰饶，荤的素的菜肴洗洗干净往卤水锅里一扔，熬上一定时间，捞出切片斩件，便是绝好的美味。

在漫长又贫苦的少年年代，卤菜就代表着那个年代先进的文化和生产力，而低廉的价格则代表了人民群众最根本的利益。

当然，低廉只是相对而言，跟肉档上的生肉相比，外买的卤菜还是比较贵。奇怪的是，卤菜制作并不复杂，却很少见到有人在家里自行调制，反倒成全了不少像毛师傅这样的奸商，这个问题我到现在都没想明白。

我的一个老哥们儿曾经语重心长地跟我说，想不明白的事多想无益。生活嘛，就得按部就班，想吃卤菜又不想被毛师傅这样的奸商宰，自己调制一锅卤水不就得了？

说得轻巧，毛师傅能挣钱自有他的本事，卤水的调制虽然大同小异，但各家都有各家的不传之秘，且卤水越老卤出的东西越好吃，有股陈年的酱香味儿，省城坡子街老店热卤刘，一锅卤水据说已保存近百年，引无数饕餮客纷沓而至，你依葫芦画瓢还有那个神韵不？

老话说得好，不能讲究，那就只好将就了。那天下午，我去圆方路菜市场买了一根猪蹄、半斤鸡翅，再加上2元钱的香干，转身又在旁边的干货店买了八角、桂皮、草果、丁香、茴香、山李、干辣椒等香料，然后我回到家中，锅烧热，下油，改小火，冰糖敲碎炒糖色，放一大锅水，姜拍破，葱挽结，大料用纱布包好，加适量盐和老抽，同时放入锅中，大火烧沸，捞去浮沫，改小火慢慢熬，直到整个厨房弥漫在一股浓郁的酱香味之中……这边也没闲着，买来的食材洗净汆水，等香味越来越浓时，一股脑儿扔进卤水锅中……

如你所愿，效果并不理想，盐放少了，不够入味，且是第一次卤制，糖分过重，有我最不喜欢的甜腻的感觉……这些都无伤大雅，盐少了，可以再加；糖分重了，多卤制几次就会慢慢减轻，直至消除，只在满口酱香之中略有一丝回甘……就像人生，年轻时眼高于顶，总有这样那样的不满意，到老了，百年心事归平淡，回忆当年的荒唐往事，多半也会自嘴角露出一丝会意的微笑。

从某种程度而言，一锅卤水可以是一个男人成熟的标签。以自己为例，平日总欢喜呼朋引伴四处吃喝，在食品安全事故层出不穷的今天，肚子里究竟装了多少化学元素只有自己清楚，最为重要的是，现今通货膨胀厉害，每月工资就在这无尽的吃吃喝喝之间化为乌有。

有了这锅卤水之后，我总是会在下班的时候顺路在菜市场买回若干肉类和豆制品，扔进存在冰箱中的那锅卤水之中，在氤氲开的酱香味中盘点这个月又存下多少银子……这是我曾经极力抗拒的生活，也是我现在想要的生活，所谓成长，大抵如此。

起死回生的蘸水

老夫今年三十有一，单身多年，却有着一份别的单身狗们难以企及的经历——曾经照顾一名待产孕妇的生活起居长达半年之久。

那会儿刚回株洲，正走着背运，口袋里经常半张红票子也掏不出，遑论租房安家了。好在大学同学颜大炮两口子就租住在我工作的地方附近，城中村的三居室，正好有间空房，不由分说我就搬了进去，房租自然没得给，生活费也掏不出，索性厨艺尚可，也算有手艺傍身，小两口买来菜蔬，我再烹调成菜，这份辛劳就权当回报二位的收容之恩了。

但之后却有了些波折，颜大炮妻子怀孕了。可家有大肚婆，我这厨子难当啊！本来嘛，我们仨都是地道湖南人，口味自然以重油重辣为主，可这人一怀孕，突然就金贵起来，这也不能吃，那也不能吃，非但要少盐少油，酱油更是不能放一点，即连炝锅的辣椒蒜子也不能放，你能想象得到，重口味如我等面对这一桌寡淡无味的菜肴时该是如何哭笑不得。

当然，办法总是人想的，在连续被多日的清淡口味摧残之后，脑子里灵光一现地想到火锅店的蘸碟，既然菜肴寡淡，何不调制一份重口味的蘸碟来解救已近失灵的味蕾呢？取小碗一只（家里没有浅口的小碟），蒜瓣细剁成蓉，鲜小米辣三两只去蒂切碎，盐和鸡精适量，陈醋、香油少许，再倒入生抽适量，如果当日熬有好汤，亦可加入两匙，拌匀即可上桌。

如是，饭桌上便异常和谐，大肚婆自可安心享用少油少盐的健康饮食，俩老爷们儿也不再就寡淡的菜肴彼此吐槽，只默默地拾筷夹过菜肴，在蘸水中涮过后再塞入嘴中，甚至有时大肚婆本人也耐不住味蕾的刺激，持筷将食物在蘸水中浅浅蘸下，带着副“吃一点点没关系”的愧疚感惶恐吞下。

也因了这碗蘸水，往常难以下咽的清淡菜肴变得有滋有味起来，我的“大厨”名头继续保留，还获得了一项新技能——如何在家有孕妇的同时不让自己的口味也变得同样寡淡。两口子一直住到临生产前个把月才搬去新家，现在他们的儿子七个多月，长得虎头虎脑，不认生，谁都可以抱，跟我特别亲，我抱着的话，他爹伸手都不要，可能是惦念着我当初对他爹娘的“饲养”之恩吧。

现在，两口子已经搬离城中村，那房子由我续租，新搬来的小伙子是颜大炮老家的亲戚，与他年龄差距大，又无共同的命途轨迹，鲜有交流，那破旧的房屋也真就成了个临时的落脚处，饭自然是懒得做了，单位食堂亦可解决一日三餐，偶有饭局，权当改善生活。还有人记得我“大厨”的名头，有时兴致来了，会凑一堆人到谁谁谁家做饭吃，不消说，掌厨的肯定是我，也因有了给孕妇当炊事员的经历，明白人的口味其实千差万别，不再一味追求重口味，除了一些必须重油重辣否则无以出味的独有菜肴之外，多以清淡为主，只是会额外调制一碟前文所述的蘸水摆放在桌前。

对于重口味爱好者而言，在各人口味迥异的社交餐饮场所，必须得感谢蘸水，是它让平淡无奇的食物有了层次丰富的口感，礼貌又不失包容地将所有人的胃口一网打尽。

更为重要的是，蘸水的出现还解救了无数手艺平平的庸厨们，一些不常操练的食材，爆炒还是红烧，该放何种调料，火候如何控制，你都一无所知，这个时候，你大可白水涮煮（腥膻味重的食材，可在涮煮的同时下些大料、生姜辟腥），捞出后蘸蘸水吃，还可美其名曰“吃的就是食材独有的原味”。

呵，好一碟起死回生的蘸水！

作为主角的辣椒

身为湖南人，最为熟悉的食材非辣椒莫属，上至耄耋老者，下至黄口小儿，一日三餐，形色各异的餐具中若是少了那丝销魂的辣味儿，所谓的“食不甘味”的感觉便有了最好的注脚。所不同的只是各人耐辣程度不一样，有非重辣不欢的重口味爱好者，也有我这样只略要一丝辣味以为点缀的小清新。

所以，我时常在想，若是生在四百多年前——那会儿辣椒还在遥远的美洲大陆招摇，哥伦布虽然将其带到欧洲大陆，但离传入中国并得到广泛食用还有一些时间——一日三餐该是多么寡淡乏味啊！

尽管嗜辣的湖南人须臾不能离之，但辣椒在菜谱中大多数时候都只是作为配角出现的，鸡鸭鱼肉，煎炒烹炸，若是少了辣椒这一味配料，是断难称之为合格的，即便炒个手撕包菜，也得先用干红辣椒炝锅才算地道。

但也仅限于此，一旦辣椒数量超过主食材，迎接它的便是滚滚骂名，最典型的就是辣椒炒肉了，大概每个人都吐槽过食堂大师傅的悭吝：到底是辣椒炒肉，还是肉炒辣椒？这情形颇似某部蹩脚的影视剧，主次不分，配角的戏份儿竟比主角还要出彩，导演脑子里装的到底是啥？

所以，当一盘油淋辣椒摆在你面前的时候，你初始会有些不解，什么时候万年配角也有了当主演的机会？继而会有些激动，屌丝终有逆袭时，即便是万年不变的配角，只要时机得当，也有翻身当主角的可能，哪怕舞台寒酸简陋，哪怕观众零星可数，毕竟，在这道时令家常菜中，它就是当仁不让的主角。

刚采摘下的青椒，洗净去蒂，刀背拍破，下重油，蒜粒爆香，辣椒倒入，翻炒至软，只略加盐调味，再酌加生抽提鲜——如果有上好的浏阳豆豉更好，撒几粒下去同炒，味觉体验更为层次分明——便足以拯救溽暑时节被破坏殆尽的好胃口。

这是典型的当季菜，要本地青椒，辣味中和绵软，既不似彩椒那般全无辣味，也不像小米椒、朝天椒那般辣得凶猛霸道——往往在你大快朵颐之余，那辣味才从你口腔深处不紧不慢地钻出来，然后向你的四肢百骸间游去，额头上开始冒出细密的汗珠，继而蔓延至后背、胸前，如果这个时候再打个响亮而清脆的喷嚏，整个身心都舒坦起来——从辣椒第一次挂果成熟到秋风萧瑟时腾出菜地栽种别的作物，满打满算也就四个月光景，再想重温这道以辣椒为绝对主角的菜肴时也只能以待来年了。

什么？你说现在本地青椒也开始大棚培育了，一年四季皆有售卖……混蛋，那温室里长大的娇弱花朵，能跟风雨磨砺过、阳光曝晒过的野物相比吗？

若你以为辣椒在这个季节做过几回主角便心甘情愿地退出舞台便大错特错了，恋栈本是人之常情，何况常年在餐桌处于配角地位的辣椒君呢？于配角而言，即便生命所剩无几，只要有机会，倾尽所有的光和热来再做一回主角也是值得的，譬如我最喜欢的扯树辣椒。

几场秋雨落过，菜园颇有些萧瑟，在贡献了大量果实后，所有的藤啊树啊苗啊都衰老了。辣椒也不例外，绿叶褪尽，黄叶飘零，枝干更是干枯得不像样子，间或有零星的几个辣椒挂在枝杈间，大不过指头长，小的也就指甲盖大小一点，看情形也不会再长了。农人索性将其连根扯掉，随意扔在墙角，那挂在枝杈间的便是扯树辣椒了，是辣椒走到生命尽头对这个世界最后的馈赠。

这时节的辣椒，辣味更淡，仿佛那些走到暮年的敦厚长者，火爆脾性十去其九，但骨子里与生俱来的本味还在，砧板上拍碎，下到早已烧红的铁锅中，不需要多少调料和多余的装饰，简简单单清炒出来，人情冷暖，尘世悲欢，都在这盘中了。

大抵人亦如辣椒，呼风唤雨的毕竟是少数，大多如你我这般的芸芸众生都只是世间这出大戏的配角，而在某个时间段的某个人看来，你却是独一无二的主角，你所需要的，只是耐心等待，等待那个正确的人在正确的时间出现。

Part 4 一个人的餐桌也很美

我看着这碗凉面，就像看到自己的过往。那些窘迫但不失生气的青春岁月，就像凉拌面一般，三口两口便扒拉完了。

无非一碗凉拌面

很少有湖南人像我一样热爱面条。湖南很少有地方种植小麦，湖南人日常以米食为主，早点摊上虽不乏面条，与同居一隅形式各异的米粉相比，宠幸程度显然不可同日而语。

我却独爱面的爽滑筋道，有阵子常通宵赶稿，待窗外曦光微露，天穹透出淡蓝的光泽，手头的活儿也可告一段落，披衣出门，趁楼下的早点店还未人来人往地喧嚣，坐定吩咐老板下一碗碱面——按陆文夫的说法，“千碗面一锅汤”，面下多了汤便糊了，必须是头锅面才有清爽的口感，这面虽不敢说是头锅，却也未经太多粉面的烫煮，煮面的水多数还清可见底——煮好的面盛到碗中，碗中早有熟猪油和各式调料垫底，再浇上一大勺浇头（我多半会选择炖煮带汤汁的牛肉），撒上些葱花或香菜，滴上几滴辣椒油，趁热拌之，呼啦啦下肚，额头必冒出细密的汗珠才算见功力。

也有汤面，但我并不喜此物，总嫌汤水太过寡淡——尽管面馆对外宣称是筒子骨熬出的高汤——为提味只得多下调料，用李渔的话来说，“其油盐酱醋等作料，皆下于面汤之中，汤有味而面无味，是人之所重者不在面而在汤，与未尝食面等也”。

每每此刻，我总会深情回想起老家乡下待客的那碗杂烩面。老家也甚少食面，更遑论以之待客了，这面一般不入正餐，多充作消夜。乡下人喜热闹，红白喜事往往要操办数天，白日正餐过后，宾客往往留下闲拉家常或者打牌，待夜阑人静，腹内有些响动，主家便会客气地操办消夜。多是挂面，有宽面，也有极细的银丝面，面下好入碗，不另兑高汤，正餐剩下的荤菜一锅烩成的油汤当头浇下，虽卖相不够清爽，但极为入味。

当然，你若想吃既清爽又入味的汤面，也不是全无办法。前文提到的李渔，在《闲情偶寄》里抱怨完“所重者不在面而在汤”之后，立马提出了自己的解决方案，“予则不然，以调和诸物，尽归于面，面具五味而汤独清，如此方是食面，非饮汤也”。通俗点儿解释就是，李渔将各式调料全和入面中，味道全在面里，而不在汤中。书里提到了两样他独创的面，一为“五香面”，二为“八珍面”。“五香面”自食，“八珍面”则用来待客。“五香面”是先将椒末、芝麻屑拌入面中，再以焯笋、煮蕈、煮虾的鲜汁佐以酱、醋为和面之水，合为五香；“八珍面”取鸡、鱼、虾三物之肉晒至极干，与鲜笋、香蕈、芝麻、花椒四物共研成极细之末，和入面，与鲜汁共为八种，故称“八珍”。

我是南蛮，不会和面，也非李渔那样既有钱又有闲的主儿，所以，这样汤清而味浓的好面至今也只能在脑子里描摹它的种种。

我吃的最多的还是自创的凉拌面。有阵子在广州，经济状况陷入绝境，有大概小半年的时间常与凉拌面为伴。超市买的挂面，煮熟后过凉水，酱油、陈醋、味精、香油、蒜末、切得极碎的鲜辣椒等覆上，再浇上一勺老干妈，拌匀而食之，一餐也就对付了过去。

这手艺我从广州带回了湖南，尽管三餐无虞，因身材原因也甚少吃夜宵，但我偶尔还是会想起广州的那些凉拌面，甚至还特意炒了一瓶辣椒油放在冰箱以备不时之需。

那天看到一个小兄弟在微信朋友圈里晒他的自制凉面，做法几乎与我的一模一样，照片下面配了些隐晦的文字，略可窥到他窘迫的现状。我看着这碗凉面，就像看到自己的过往。那些窘迫但不失生气的青春岁月，就像凉拌面一般，三口两口便扒拉完了。

远去的珍珠翡翠白玉汤

传统相声里有出老活儿叫《珍珠翡翠白玉汤》，说的是元朝至正年间，义军首领朱元璋兵败，单枪匹马逃出重围，又困又饿之下昏倒在地，幸遇俩乞丐救下，且施以一碗“珍珠翡翠白玉汤”（其实就是叫花子讨来的剩饭剩菜一锅烩，俩叫花子讨个好彩头而已）活命。若干年后，朱元璋荣登大宝，一日忽忆起当日救得性命的珍珠翡翠白玉汤，乃黄榜张贴天下，遍寻当日的救命恩人……

之所以突然想到这段儿老相声，是因为那日单位食堂又将前一日办酒席剩下的菜肴混杂在当日售卖的盒饭中，鉴于这样的事情已不是第一次出现了，一干编辑记者义愤填膺，纷纷在微博和QQ群里施以谴责。

当然，我也是众多谴责人群中的一员，不过，我谴责的重点不是食堂承包人如何无良地将剩菜卖给我们，而是他们的烹饪水准实在太过拙劣，竟然将一道不可多得的美味弄到如此天怒人怨的地步。

在我看来，剩菜，尤其是宴席之后剩下的大鱼大肉，将其一锅烩，热腾腾地上桌，实在是难以割舍的美味。

中国人吃剩菜的历史其来有自，民族性格里动辄提到“勤俭节约”之类的褒义词，这个“节约”自然也包括对“吃”的态度，于是，将吃剩下的菜肴回炉再热也成了题中应有之义，并在此基础上发展出了极具特色的美食文化，譬如福建名菜佛跳墙，据传就是从要饭的讨来残羹冷炙一锅烩而来的灵感。

唐鲁孙先生回忆，旧时北京有些店铺，往往是二荤铺，每日从各大饭庄收购剩菜，挑拣之后再向外售卖，唤作折箩，据说很受下苦力的穷苦人家欢迎。都梁小说《狼烟北平》里，落魄旗人白连旗就吃过这种折箩，书里是叫“瞪眼儿食”。按书里的解释是，卖这种折箩是先吃再算账，规矩是不许挑，一筷子下去，大也好，小也好，肉皮也好，骨头也好，都是一筷子一枚铜板，能不能捞到肉吃得看运气。所谓“瞪眼儿”，就是买卖双方都得瞪大眼睛，卖主得瞪大眼睛计数，买主嘛，眼睛也得瞪得大大的，谁不想一筷子下去就夹到肉呢？那可是扎扎实实的一枚大子儿啊！白连旗头一次吃瞪眼儿食就闹了笑话，第一筷子下去捞了根牙签，第二筷子下去又捞了根被人啃得精光的骨头，还是底下的奴才德子长眼，赶紧替主子捞了块肉丸子上来才解围。

按唐鲁孙或者都梁的解释，折箩也好，瞪眼儿食也罢，无非下苦力的穷苦人家偶一开荤的便宜之举，与佛跳墙一类的饮食文化全无半点关联，毕竟，佛跳墙的缘起只是一则传说，当不得真的。

我却以为不然，烹饪一途，有太多妙手偶得的先例，那么多的食材，那么多的佐料，焉知人间至味不在你的随意搭配之中？对于折箩而言，各式菜蔬鱼肉一锅烩，食材原有的味道在锅中重新排列组合，又会变幻出怎样复合的口感呢？

犹记幼时在家，红白喜事之后，主家往往会将剩菜分送给左右邻舍。吃时燃一锅炉火，各式菜肴在锅中沸腾翻滚，你中有我，我中又有你，那种浓郁的肉香远非寻常的猪牛肉可比。而今，离家日久，城市中人红白喜事都喜欢去酒店，菜品卖相精致，入口却寡淡无味，为健康计，剩菜也不作兴做成折箩售卖，算来，我已十多年未吃过都梁书中所描述的瞪眼儿食了。

所以，当所有的同事都在谴责食堂承包人的无良时，我却陷入对往事的无限追忆之中，甚至想毛遂自荐地重燃一锅炉火，让所有的剩余菜肴都在这口锅中翻滚，然后在门口贴上大大的招贴——

今日食堂新菜：珍珠翡翠白玉汤。

生如豆芽

我在广州上班的时候，有个被唤作萨之鱼的女同事，此女贵州侗家人士，又在川渝两地辗转待过数年，性格麻辣火爆，口味和她的脾性一样，无麻辣不欢，尤喜火锅，附带着将一个喜食清淡口味的广州土著老公也生生培养成了重口味爱好者。

因着同在异乡的孤苦无依感，那时，我们一帮子外地籍同事老欢喜聚在一起饭醉，饭醉地点大多在这位姐姐和他土著老公的爱巢——毕竟，在广州有套属于自己的房子，实在是一件值得庆祝的事。

架不住主家是火锅爱好者，所以，我们的饭醉也多以火锅为主打。红汪汪、油亮亮的麻辣火锅烧得沸腾，各色涮菜摆放四周，一众漂在异乡的孤魂野鬼围炉而坐，千里之外的故土家人在氤氲开的蒸汽中渐渐浮起——至今想起这一画面，我仍觉得这是我漂泊异乡时难得的温暖慰藉——涮菜种类很多，荤的素的都有，随时令和菜价波动稍有不同，然有一样却是永恒不变的主角，那便是粗壮饱满的黄豆芽。

起初我并不喜欢吃黄豆芽，比起寻常所吃的绿豆芽，总嫌其口感太过粗糙，不过，在众人潜移默化的影响之下，渐渐也习惯了其口感，尤其是下到麻辣滚烫的川式火锅中，稍烫入嘴，爽脆无比，久煮亦不烂，更有一股若有若无的微苦之味充盈在唇齿之间——那是豆芽的本味，微苦，按《本草纲目》的说法，食后能“清心养身”。

当然，我吃的最多的还是清炒豆芽，盖因其制作颇为简便，古人称“种生”，也舍得发，价格则亲民得可以，一两元钱便能清炒一盘入馔。往往买来豆芽，洗干净晾干水分，锅底热油（荤油尤佳，素油亦可），略下几颗干红椒爆香，顺势将豆芽倒入锅中，旺火猛炒，酌加盐调味，临起锅滴上几滴香醋，不过分把钟，一盘爽口的清炒豆芽即可出锅，味道也不赖，毕竟，豆芽在古时与笋、菌并列为素食鲜味三霸，在味精出现之前，素食者都靠这三样东西熬煮高汤来调味。

从这个层面而言，豆芽是实实在在的平民食品，但是，凡事皆有例外，就如当下流行的“逆袭”一词，豆芽也曾在饮食界大放异彩过。十余年前，西安一家饭庄曾推出一席价值36.6万元的天价宴席，当时惹来巨大争议，该席头牌菜为“仙人指路”，造型为一只栩栩如生的仙鹤，鹤身为乳鸽肉蓉堆砌而成，最大亮点在于仙鹤翅膀，精选一斤绿豆芽，厨师用铜丝将绿豆芽的根部一点点掏空，将燕窝和鸡蓉混合而成的馅塞进去，然后上锅蒸熟，清水滤净，再一根根粘在鹤身之上，使之成展翅高飞之状……台湾电影《总铺师》里有鬼头师让料理医生阿海在冷库中用钢针穿豆芽菜的情节，想必也是脱胎于此。

这样的奢华偶一为之尚可，倘日日如此，不但精力无以为继，钱包也是大大承受不住。恰如人生，在尘世这个大火锅中翻滚沉浮，锋芒毕露的时候必须要有，更多的时候，还是好好地尽到一份配菜的本分，即便要当主角，素炒足矣，偶尔的艳遇、惊喜权当生活的调剂，可多可少，不必太放心上。

当然，切不可因噎废食，走向另一个极端。吾友南宫浩，年轻时也曾跋扈一方、风头无两，婚后换了个人似的，日日操持家务，朋党聚会再难见其踪影。有次我路过他住的小区，打电话叫他出来消夜，好话说尽才将其“诱拐”出门，落座却对满桌肉食不屑一顾，以减肥为由吩咐店家来上一份白灼豆芽——豆芽开水烫过之后沥干，加点生抽便拌而食之——见他吃得津津有味，我却大摇其头，这样的日子，未免也太过寡淡。

蛋炒饭往事

周末，惯例睡到下午起，已过饭点儿，正发愁不知如何解决中餐。忽然忆起冰箱里还有昨日的剩饭，那就来份蛋炒饭吧！

先热锅，将冷饭炒散，而后将饭扒到锅的一侧，另一侧放油，热后打入两个鸡蛋，趁着蛋液将凝未凝之际，迅速将饭炒入蛋液中，不消片刻便能听到噼里啪啦声，那是炒散的饭粒裹着蛋液在油锅里跳跃，顺势再放入半勺老干妈豆豉炒匀，既调味，又调色，临出锅撒上些葱花……

我记不清有多少次重复类似的步骤了，好像从我刚学会炒蛋炒饭开始，就无师自通地学会这么炒了。当然，说无师自通有些拔高自己的意思，应该是小时候常看我妈给我炒蛋炒饭的潜移默化吧。

我家一向是我爸做饭，我妈厨艺并不行，但唯独蛋炒饭炒得不错。20世纪八九十年代的农村地区还比较落后，虽无温饱之虞，但连日不见荤腥也是常有的事儿，小孩子又不懂事，饭桌上没自己想吃的菜便哭闹不休，每每这时，我妈便摇摇头踱到厨房，按之前的步骤给我炒上一碗蛋炒饭。当然，老干妈豆豉是没有的，但她会在炒饭的时候化些猪油进去，其口感更为醇厚。

记得几年前刚出校门，租住在学校附近的民房，厨艺还远未修炼到今日这般娴熟的地步，每天不知道吃啥，蛋炒饭几乎就是必然的选择，省事儿，还省钱。后来看唐鲁孙说他曾经有连吃七十二顿蛋炒饭的记录，觉得也不过尔尔，人真到了那地步，啥都能吃得香。

蛋炒饭虽然简单，要炒好也不容易。首先必须得是隔夜的冷饭，而且，米质不能太糯，太糯的话炒不散，一团一团的最倒胃口；其次，火候要控制得当，火小了炒出来的饭绵软无力，不堪下咽，火大了蛋会煳掉，一口咬去尽是焦苦味道，也是倒胃。

还是说唐鲁孙，他小时候家底儿还没倒，家里还雇得起厨子。能否进唐府做厨子要考三样菜：一是鸡汤，这是考验厨子的文火功底；二是青椒肉丝，这是考验厨子的武人菜如何；三就是蛋炒饭了，这是考验厨子举重若轻的搭配能力，能否忙中不乱地将一道最平常的蛋炒饭炒出应有的水准。

唐鲁孙还说，蛋炒饭里的蛋要事先炒好，然后再炒到饭里面，不能金包银（即蛋液裹着饭粒，整碗饭呈淡黄色，却不见丝毫蛋花），不然胃不好的人吃了不好消化。我却以为不然，蛋炒饭本就是充饥之用，不好消化才能抗饿。再说，蛋炒饭里的蛋和饭本该就是天造地设的一对，你中有我我中有你方是水乳交融的极乐之境，一旦分开，恰若扯了结婚证的夫妻还分床而睡，总疑心那是别有用心的阴谋。

《白玉老虎》里有个大反派叫唐玉，是唐门的二少爷，此人胃口极好，曾在杀人后炒了一大锅蛋炒饭来吃，那锅饭里放了半斤猪油和二十个鸡蛋，古龙没写具体的做法，但我想，舍得如此下料的蛋炒饭总不会难吃。

还是古龙，他写李寻欢被押去少林寺，路上有个老妈骂孩子："有油饽饽吃还不满意，想吃油煎饼，等死鬼老子发财了吧！"两个孩子哭着说："发了财我就不吃油煎饼了，我就要吃蛋炒饭！"

现在没发财的我也能吃得起蛋炒饭了！

Part 5 把时间浪费在美味上

所谓风水轮流转，向为世人所轻贱的猪肺，只要烹调得法，一样能集万千宠爱于一身。看到这里，你是不是对这惨淡的人生也没那么绝望了呢？

鲜美的骨头

多年前，我蜗居在广州棠下的某条陋巷，人穷志短，一日三餐全交由城中村遍布的苍蝇馆子对付。到了周末改善生活，才会踱去主街上的一家东北菜馆，点上一份18元的酱骨架饕餮一番。

大骨棒连着些许筋头巴脑的肉，汤卤早把肉炖得稀烂，贴骨的肉又不油腻，在连续一个星期被地沟油折腾得垂垂欲死的我手上，一根骨头不到两分钟就肉净髓光，变得像拍X光照片一样清楚……一份酱骨架吃完，已有七成饱意，再将浸泡骨架的汤汁加些免费赠送的辣椒酱与米饭同拌，呼啦啦就是两碗下肚，然后捧着鼓胀的肚皮幸福得直哼哼——在那缺少油水的岁月里，酱骨架就是彼时唯一的慰藉。

我一个云南朋友跟我说过这样一个故事：抗战时期，美国大兵和远征军一道从滇缅公路开进国门，路上以煮猪肉充饥，美国大兵把肉分给远征军，自己只吃骨头和汤，并以此赞叹美国大兵的高风亮节和对中国抗战的无私奉献。我听完不禁大骂他糊涂，这正是美帝国主义狼子野心的地方，营养全在骨头和汤里，美国佬把营养全吃光了。

当然，以上作为玩笑话听听也就过了。不过骨头有营养却是不争的事实。据传旧时的土匪都爱啃骨头，啃骨头的长脚力，在深山老林里行走如飞，让追剿的官军望尘莫及，放在现代医学原理下很好解释，骨头中富含钙质，能促进伤口愈合，至今伤筋动骨的病患都以骨头熬汤作为恢复健康的常设食谱之一。

除了有营养，骨头的鲜美也是不言自明的。在味精发明之前，古时显贵之家调味皆用高汤，高汤乃将各类肥鲜之物荟为一锅，慢火细煨，而后提纯始成，食材之精华尽入汤中，端的是鲜美异常。虽然熬制高汤的食材各有讲究，但猪筒骨却是一味不可或缺的食材，即便以湖南人天天都吃的米粉而言，也要一瓢筒子骨熬的原汤舀到碗中才能催发出那种让你欲罢不能的进食欲望。

除了熬汤，骨头也可以入菜，各地都有风格各异的代表菜肴，前面说过的东北酱骨架就是典型一例。除此之外，无锡还有酱排骨，广东风靡蒜香骨，湖南则以一道孜然寸骨撑起骨头大餐的半边天。

近两年，东北酱骨架的变种也在株洲遍地开花。两年前，凯歌土菜馆的老板向我吹嘘该店的红烧筒子骨，其乃用煨制好的带肉筒子骨红烧入味，弃汤而用骨。不到两年，这道菜已随处可寻，常见一众衣冠楚楚的男女捧着一颗硕大无朋的骨头撕咬吮吸，更有精明商家将其做成一道汤菜，“药渣”与“药汤”同时上桌……可见，在追求好吃一道上，株洲人是从来不甘落于人后的。

喜欢啃骨头的人，大抵都有种粗犷阳刚之美，因为那种抱着骨头撕咬吮吸的动作实在与文雅和柔弱无涉，在奶油小生大行其道的今天，啃骨头庶几可为这个时代的男性略微找回一丝外在形式上的尊严。

霸气的猪腿

在好吃者看来，凡属肉食，无论飞禽还是走兽，腿总是最好吃的部位，盖因其经常保持运动状态，所谓“流水不腐，户枢不蠹”，美腿及其美味都在于一个“动”字。

以腿而论，食用禽兽中。以猪腿长得最丑，但若论起美味来，猪腿认了第一，恐怕没有哪条腿再敢插足打擂了。就株洲市面而言，牛蹄、羊蹄、腊狗脚都曾掀起过一场或大或小的饮食风暴，当然，我并不是说这些腿不好，比之猪腿，它们总有这样那样的缺陷：牛蹄肉质粗厚，恰如躬耕田间的山野村夫；羊蹄味带腥膻，有若倚楼卖笑的风尘女子；狗脚干瘦，梁上君子正此相也，更何况，“狗腿子”向来就是骂人的话……猪腿，只有猪腿，口感醇厚，全无异味，才担得起众腿之中谦谦君子的名号。

猪腿烹饪之法甚多，可卤可煨，可蒸可煮，可煲汤可红烧，更有东坡肘子一类的硬菜，将其热气腾腾地整只装盘，看着就霸气。最为独特的烹饪方式是袁枚在《随园食单》里所记，用蹄髈一个，两钵合之，加酒、加秋油，隔水蒸之，以两支香为度，号“神仙肉”。不过，这般美味我还未曾尝过：一是现今肉价飞涨，整只猪蹄要价不菲，殊为浪费；再个嘛，即便狠心买下，又何处去寻能扣住整只猪蹄的蒸钵？

猪蹄只要烹饪得法，大体总不会难吃，然有一条须提醒诸位，切不可偷懒用高压锅煨烂。猪蹄富含胶原蛋白，必须细火慢煨才能出味，这个懒是不能偷的。你想想，本该要慢煨一个小时才能烂熟的猪脚，你高压锅一压，不到10分钟就出锅，营养流失不说，又能好吃到哪儿去？

坊间传言，省城长沙曾有某口味店以猪脚闻名，湘菜大师许菊云先生慕名前去品尝，只夹了一筷子就大撇其嘴：高压锅压出来的洋意子（新鲜玩意儿，湖南方言——编者注），何解就骗了这许多的俗人？

舌尖上的舌尖

电影《桃姐》中有这样一幕：桃姐中风住进敬老院后，少爷罗杰和三位发小从冰箱里翻出卤牛舌——那是桃姐中风前做的——风卷残云般消灭干净，叽叽喳喳说起小时候吃过多少桃姐做的美味……

镜头温情十足，人世烟火味扑面而来，据说金像奖评奖时对此也是赞誉有加。当然，我要说的重点不是这个，而是牛舌，卤过的牛舌。

我见过最早的对牛舌的烹饪方式的记载是在《包公案》里。有一农户家耕牛的舌头让人割去，眼看牛就活不下去，无奈之下只得宰牛——宋朝律法，私宰耕牛是大罪——便有人举报求赏。包青天自然是明察秋毫，很快破案，那举报之人便是贼人，只因私下有隙，便割去牛舌，逼人宰牛，再去举报，用心可谓险恶。那牛舌呢，自是被贼人拿回家卤过，到破案的时候还未吃完。

包公是宋朝人，早在宋朝，人们便习惯将牛舌卤来吃了，《桃姐》里起提纲挈领之效的那道卤牛舌自然也是承其余韵，千年之后再次勾人馋涎。

去年此时，我曾自行熬过一锅卤水，一为解馋，二为偷懒——不想下厨的时候随便买点儿什么往卤水锅里一扔便可解一餐之饱——某夜馋虫涌动，忽忆起电影里的这道卤牛舌，次日即赴菜市场，却百般搜寻无果。肉贩告诉我，屠宰场的牛舌早已为各大小餐馆预定，市面少有流通。

无奈只得拎了一条猪舌归家。洗净去舌苔，汆水后投入卤水锅，细火慢煨半个时辰，略凉捞出，切薄片，蒜末香油辣椒拌之，脆韧可口，鲜嫩爽滑，当下就是三碗米饭下肚，余则保鲜膜覆好放入冰箱之中，寂寥长夜又多一份念想，跟电影里的卤牛舌相比也不遑多让。

在我看来，牛舌也好，猪舌也罢，之所以好吃，全在于一个“动”字，所谓“流水不腐，户枢不蠹”，舌头除了进食，还要负责发声，几乎没有闲暇的时候，日日动个不停，处处都是活肉，自然好吃。四桥桥头的百度烤肉，店内点单率最高的便是那道烤牛舌，牛舌腌好后切薄片，铁板上放油，油热后放牛舌上去烤，脆嫩鲜香，往往一份吃完还不过瘾，大多还得再加一份。

猪舌和牛舌虽然美味，但也有一个缺点，舌苔太厚，前期清洁工作不是个小工程。若是鸡舌鸭舌，则无此虞，洗净直接烧汤或是清炒即可。唯一的遗憾是，鸡舌鸭舌个头太小，要一饱口腹之欲，不但极费食材，而且要价不菲。《射雕英雄传》里，郭靖初识黄蓉，黄蓉一身乞丐装扮，被店小二瞧不起，便点了八样讲究菜来教训小二，其中便有一道“鸡舌羹”，那店小二一惊：“这八样菜价钱可不小哪，单是鸭掌和鸡舌羹，就得用几十只鸡鸭。”黄蓉有金主在旁，自是不怵，只催上菜，最后结账是十九两七钱四分，有网友考证，这些银子放到现在得值2万元人民币左右。

当然，你也可以说这是小说家言，当不得真。金庸老先生何等博学，小说也是有所本的，《坚瓠集》载，北宋名臣吕蒙正喜食鸡舌汤，一日见到后花园中有一座假山，便问下人是何物，下人答是平日里杀鸡丢弃的鸡毛。吕蒙正很惊讶，自己能吃这么多鸡？下人答，一只鸡只有一根舌头，您吃一顿鸡舌汤要多少根舌头？您吃鸡舌汤又有多久了？吕蒙正默然，“遂不复用”。

吕蒙正贵为宰辅，却也不敢一逞自己的口腹之欲，可见，那时的廉风建设还是颇见成效的。幸运的是，如今养殖业发达，禽肉分割早已流水线生产，大批量的鸡舌也能唾手可得，若有心的店家能钻研出一道鸡舌羹来，真不知要风靡到何种程度。

肺而不费

纯就饮食一途而言，我是个不折不扣的草根肠胃，尽管头戴一顶美食记者的帽子四处招摇撞骗，高档酒楼的高档餐饮也染指不少，但坐在窗明几净的雅间内，衣冠楚楚地对付面前精致的菜肴时，总觉得有些不太自在，胃口也大不如前，好些时候都吃不饱。

相较而言，我更喜欢闹腾而破败的口味馆子，简陋而不掩粗犷之风的菜肴端上桌来，总是能特别刺激我的食欲，不尽三大碗米饭是绝对不会罢休的。更让若干谦谦君子所不齿的是，我还对各式下水尤为钟爱，举凡心肝肠肚，这些不少人视之为不洁的食材，于我却是难得的美味，我甚至为此专门写了一篇《炒肝与鹅肝》为之正名。

正如我在《炒肝与鹅肝》中所言："下水藏污纳垢，古时有身份的人是不屑吃的，价钱也较肉类低廉，倒也成全了不少下苦力的劳苦大众的肉食欲望。"当然，这都是过去的老皇历，许是这些年我这样的人多了起来，下水这一以往下里巴人解馋的物件一夜间身价倍增，好些物件还超过起先的肉价，真是毫无天理，还让不让我们这批下水爱好者痛快地大快朵颐啊？

也有例外，无论别的下水的身价如何扶摇直上，但肺的价格始终涨不上去。菜市场常见有猪肺售卖，湿嗒嗒一副挂在肉杠上，价格不过五六元，却鲜有人问津；宰鸡杀鱼之际，肠肚心肝都各有各的用处，肺一般都是随意丢弃了事，羊肺牛肺往往也是同样下场。“狼心狗肺”“好心当成驴肝肺”等民间俗语更是将“肺”这一下水中的重要组成部分打入另册。

究其原因，个人觉得有两点：一是相较于其他下水物件，肺的纤维组织更为松散，绵软无嚼头；二则是所在肺泡气管相连，筋脉纵横间藏污纳垢处颇多，非花大功夫无以清理干净。口感一般，清理不易，让口味挑剔、节奏飞快的现代人想要接受它实在颇不容易，于是也就能理解它被轻贱甚至被随手丢弃的尴尬处境了。

但我那十几年前过世的外婆显然不在此列。20世纪八九十年代的湖南农村，日子虽比以往好过不少，但资源匮乏的现实依然如故，如何让一家老小的一日三餐尽可能多些荤腥之味是每个家庭主妇都必须面对的技术活儿。我外婆显然是此间高手，她的应对之法便是隔三岔五买来便宜的猪肺，洗净氽水后白煨，仅加盐和胡椒粉调味便足够鲜美，待白煨之汤水食尽，捞出肺片，辣椒蒜子爆炒之，又能凑合一顿，于当时窘困的家境而言，那便是无上的美味了。

早几个月和味楼东的老黄外出采菜，在新邵县某个简陋的鸡毛小店，见等位的顾客排出老远，好奇之下也停车加入等位的行列之中。原来该店专卖猪肺煨猪肘一味，跟我外婆当日乡间所做一致，亦取白煨之法，只不过其间加入猪肘肉同煨，汤色乳白浓酽，鲜味之外更添丰腴口感，其俨然已成当地特色之一。老黄果断将此菜引进株洲，不几日便成店内招牌之一，因清洗颇费功力，每天也就能供应二十余份，去晚了便没有了。

所谓风水轮流转，向为世人所轻贱的猪肺，只要烹调得法，一样能集万千宠爱于一身。看到这里，你是不是对这惨淡的人生也没那么绝望了呢?

过年吃点儿啥

“民以食为天”，尤其是以农耕文明为基础的中国人，对“吃”的重视全世界都无出其右。渔猎有获，吃；稼穑有得，吃；婚丧嫁娶，吃……更何况，这一年到头，再不吃点儿好的怎能担得起“中国人”的名号？

过去的三十多年，中国发生了翻天覆地的变化，这变化既有基于GDP层面的城市面貌的改观，亦包含个体认知层面的生活方式的转变。于食物一途更是如此。中国人的餐桌在从未有过的丰富的同时，亦有不少过去的美味在时光的流变中渐渐式微，即便在中国饮食文化中占有重要地位的年节食品也再不复昨日风貌……

某等不才，试图梳理那些过年期间的各种吃食，留存一份记忆的同时，亦告知现在的年轻一辈，不管过去的物资如何匮乏，过年的时候，你们的父辈、祖辈还是拥有许多琳琅满目的吃食。

二十四，小团年

南方人没有熬腊八粥的习惯，也不大注重“腊八节”，真正有“过年”氛围还得从腊月二十四过小年开始（也有二十三过小年的，按民俗学家的说法是“官三民四船五”，各有各的讲究，总之，湖南大部分地区都是二十四过小年）。

小年夜，灶王爷要上天向玉皇大帝禀报人间善恶，以定赏罚，因此，各地都会“送灶”，所谓“上天言好事，下地降吉祥”，灶王爷上天是跟玉帝爷汇报工作，谁家没点子腌臜事儿呢？北地向有拿糖稀涂灶王爷的嘴的习俗，南方到底精巧些，没那么野蛮，只会在供桌上供上好些供品，让灶王爷吃人嘴软，不在玉帝爷跟前嚼舌根子。

供品中必不可少的是各种糖果，现如今当然都是去超市买的，早年间可都是自家熬的饴糖，民俗中所谓“二十三，糖瓜儿黏”就是指的这个。腊月间，孩子们一见到家里熬饴糖，便知道是小年近了，这饴糖虽说是供给灶王爷的，最后却都落进了自个儿的肚子里。

二十五，打豆腐

豆腐如今都是市集上买的，早年间可都是自个儿打的，或者家人去村里专门的豆腐作坊加工。做好后回来搁清水里泡着，如果天气不是突然升温的话，能吃整个正月。

打豆腐首先得挑黄豆，簸箩里筛过，又细细拣过，每一粒豆子都是那么“珠圆玉润”，水泡之后用小石磨磨成豆浆。那是个苦差来，一天磨子推下来，整个儿腰都直不起来，后来便换了电动的。我有个姨外婆当年家里就有这么台小电机，腊月里，远近乡邻都带着黄豆过来打豆腐，也不局限二十五这一天，十七八就有人上门，一直得忙活到二十八九才能歇口气。

豆浆打出来煮过便得点卤了，拿石膏在煮过的豆浆里头划拉那么几下，何时划，划拉多少下，其间间隔多长时间，各有各的讲究，这也决定了豆腐出品的品质如何……现在自然不用如许麻烦了，超市里啥样儿的豆腐都有，也不用做一大堆搁清水里泡着，想吃街上买去就是。

二十六，炖大肉

过年得团圆，人越多越热闹，团圆饭往往得合族而吃。人丁一多，临时置办菜肴显然来不及，很多菜肴都是事先预制的，二十六就得忙活起来。

大块的猪肉、牛肉、羊肉，大锅煮着，搁八角、桂皮等各种香料，既去腥膻，又可防腐（过年期间正是一年最冷的时候，菜肴保持通风状态，一般不会腐坏，更何况，其间还搁了各种香料），肉越煮越香，咕噜着往外冒汽儿，引得一群孩子在灶房跟前流口水。大人也晓得孩子眼馋，往往会从锅里现切一块儿肉，或者拿根骨头棒子给孩子们，孩子们便兴高采烈地去外面耍了。

当然，以上只针对人丁特别兴旺的大家族，一般的三五口之家，用不着如此提早准备，往往团圆饭前一天才开始在厨房里忙活。

二十七，杀公鸡

百宴鸡为首，团圆饭也少不了这一味。因为灶王爷年三十就从玉帝爷那儿“述职”回来了，再动刀见血总归是不大吉利，杀鸡的日子便选在二十七这一日。

早年间鸡都是自个儿喂的，至少喂一年以上，肥嫩得紧，炖汤的话，汤上面总浮着厚厚一层黄油，入嘴能鲜掉眉毛。自家喂养的鸡不比养殖场的流水线产品，性子野，力气也大，杀鸡得两个人通力合作，一个钳腿，一个抓翅膀，抓翅膀的那人掌刀，先拔掉脖颈上的细毛，磨得锋利的菜刀只在脖颈上轻轻一抹，鸡血滴进早先准备好的碗中（可是一味不可多得的美食），便算完事儿了。

这鸡得等到团圆饭那一餐吃，但余下的鸡血、鸡杂却是当日晚餐难得的美味，或汆汤，或爆炒，多下酸椒、蒜叶，饭总归是要多吃两碗的。

二十八，打糍粑

糍粑也称年糕，以糯米为主料，浸泡后搁蒸笼里蒸熟，再迅速放在石舀里舂至绵软柔韧，趁热揉搓成或大或小的团状，讲究点的还得印上各种图案的纹饰，它是过年期间流行的主食。

打糍粑是体力活，得是精壮后生才吃得消，木棒起落反复，舀里的糯米饭又极黏，将木棒“咬”得死死的，冰天雪地都能出一身的汗。现在当然不用如此麻烦了，都是机制的，超市里就有现成的卖，因为太撑肚子，也没多少人爱吃，这也就是年节时的一个象征意义了。

虽然不用再去辛苦地打糍粑，这一天却也闲不下来，得看看过年还缺点儿啥，得去集上淘换。正月里款待亲朋的干果点心，小子过年玩闹的鞭炮、小姑娘过年穿戴的头面首饰，大多是这一天去集上置办的。

二十九，样样有

离过年只有一天，这时候该准备的也都准备得差不多了，若还急赶急地去集上买这样那样的，多半会让人笑话——该是多不会调摆生活的人，才会这个点儿还手忙脚乱啊！

虽然样样都置办周全，但也歇不下来，团圆饭就是明日，很多菜肴都得事先预制好，不然明日的团圆饭现做肯定赶不及。

预制的菜肴一般费时费功，必得提前做好，以免明日的团圆饭搞得手脚不赢。以湖南传统的团圆饭菜单而论，主要包括如下几种：

扣肉：猪后臀尖肉，切大块（四四方方，两斤一块），先煮，后捞起沥干，肉皮抹蜂蜜入油锅炸，而后改刀制成肉皮贴碗底的扣肉坯子，食时入蒸笼蒸足火候，起锅倒扣盆中即可。这是常规的做法。传统湘菜里还有一味名为“龙眼扣肉”的名馔，精细得紧，做法亦颇繁复，肉坯油炸后切薄片，再一片片卷起来，而后塞入去芯的湘莲，蒸好后反扣，因莲子裹在肉卷儿之中形似龙眼而得名，现今“90后”的年轻人，莫说没吃过没见过，怕是听也没听过。

肘子：团圆饭讲究的是好意图，装盘得大气好看，肘子这类硬菜也得全须全尾儿地上才够气派。做法亦与扣肉类似，搁大料煮以去其腻，入油锅炸以定其型，再入蒸锅以入其味，吃时回锅，浇卤汁调味，加葱花、红椒配色即可。

（注：扣肉和肘子都为猪肉类的主菜，且都是大荤之物，一般团圆饭都二择其一，万没有同桌争宠的道理。）

肉丸子：这是一道颇为喜庆吉祥的菜肴——全家福，亦有称头碗的——里的配菜，须自制，选肥二瘦八的后腿肉，细细剁碎成茸，加盐调味，加蛋清及水淀粉以增其黏性，手搓成肉丸，入油锅炸至外酥里嫩的口感即可。

蛋饺：亦为全家福中之配菜，制法亦与肉丸同，只不下油锅炸，而是做馅儿包入蛋液煎成的蛋皮之中。

鸡：同肘子类似，也得讲究摆盘之美观，一般用五圆整鸡法，算是清淡口的年菜（传统湘菜里还有一味“大蒸钵”，亦如五圆整鸡法，只不过，钵中除整鸡之外，还有一只霸气万分的肘子）。

……

这些预制菜肴都得在二十九这天制备妥当，每样都费时费工，即便厨艺娴熟且懂得厨政管理之人打理，也非得大半天不可。当然，这一天也算是孩子们的节日，听得厨房动静，便时不时凑过去看热闹——看热闹是假，嘴馋是真——眼瞅着就是过年，父母也没平时那般严厉，他们总会有些收获——或者制扣肉坯剔下的边角余料，或者火候过了的肉丸子和边角有些破损的蛋饺——狼吞虎咽地吃着，也算是提前感受到了过年的好处。

三十夜，团圆酒

大年三十，算是一年中最热闹的日子了。刚过零点，外头便响起噼里啪啦的鞭炮声——团圆饭之前得祭神——有个说法是，团圆饭吃得越早这一年就越走运，也正因此，有人才刚过零点就迫不及待了，这情形颇似年初一抢着烧头香的香客，只不过没有烧头香那般要拼各种社会关系，只牺牲些睡眠便得。

当然，大多数人都没有如此迫切，一般都是天光大亮才吃这团圆饭。这些年，外出打工的多，年轻人在城里都惹了晚睡晚起的毛病，家中长辈心疼晚辈，这团圆饭吃得也越发迟，家中长辈必核算着小辈子儿大约该起床了才吃这团圆饭。

团圆饭的菜品也有讲究，鸡、肉、鱼是必不可少的，只是这鱼今日不吃，只略煎下便上桌，得留待明日初一才能吃，讨的是“年年有余”的彩头。因大菜早在昨日便预制妥当，只略回锅调味即可上桌，余下的随意搭配，跟平日也无多大区别，只注意彩头，多做些寓意吉祥的菜肴即是。

待得菜肴都上桌，家中人也围着坐了下来。饭桌上自然是异常的丰盛——一年到头，便奢侈浪费一回也无关紧要——酒也打开一一倒上，会喝不会喝都得意思一下，先敬长辈，而后同辈之间捉对厮杀，必要闹个个把时辰方散，这团圆饭也就热热闹闹地吃过了！

Part 6 春夏秋冬里的食光

杜牧写红芍药的落寞，“年年知为谁生”，现实中的空心菜比芍药更落寞，又有谁知道被人忽略甚或轻贱的空心菜也有情有爱呢？

春天的椿

上个星期去了趟山东。孔孟故里嘛，礼重，每逢吃饭，大盘大碗的各色肉类堆满了整个桌子，吃一两回倒也罢了，可谁也架不住顿顿这样啊！

好在满盆满碗的各色肉类之间还藏有一盘浅绿色的面糊糊儿，鲁菜惯用面糊，看颜色，应该是什么蔬菜挂面糊后炸的，好奇地将筷子从肉山酒海之中穿过夹了一片，入嘴一股浓郁而独特的香味儿充斥了整个口腔，竟然是香椿！

山东朋友们对我的失态很是不解，说怎么湖南人吃个香椿就激动成了这样？当然，他们不知道的是，在湖南，香椿到底有多贵！我到山东的前一天，供职的报社编发了一条《香椿85元/斤成“土豪菜”》的经济新闻，按这盘子的容量和堆头，这一盘香椿裹的面糊糊，在湖南的话，纯食材成本也得小三十元才能拿下，更甭提面糊里裹着的黄花鱼片和人工了。

我问山东朋友，他们这儿香椿是怎么卖的，答曰十多块吧。我眼睛都要惊掉，怎么会这么便宜？朋友很是不屑，我们乡下老家这玩意儿多的是，家家门前都有，根本不值钱，也就到了城里才金贵起来。

朋友说的是实情，物以稀为贵，多则贱，《救荒本草》就有椿的食用方法的介绍："采嫩芽炸熟，水浸淘净，油盐调食。"可见，早期的椿只是作为荒年粮食不足时的替代品，根本登不了大雅之堂——因为早期调味品不多，香椿味重，且苦，实在是不比香甜软糯的米面制品可口——也只有在满足了基本的温饱之需后，香椿那独有的微苦之味和刺激的香味儿才会这么让人欲罢不能，一口咬去，用矫情文人的话来说就是"满满都是春天的味道"。

香椿树还是优质用材木，在国际上被誉为"中国桃花心木"，建筑、造船、桥梁、家具都能用到。前二十年突飞猛进的房地产热改进人居环境的同时，也给香椿树带来了灭顶之灾，香椿芽儿终于从一文不值的贱物变为如今的身价倍增的稀罕物。房地产热又是南方甚于北方，湖南的香椿自然也比山东要贵出不少了。

香椿之香来源于其嫩芽中特殊的挥发物，科学松鼠会有一篇名为《春天味儿里的小插曲》的科普文，解释了这个现象，烯啊萜啊之类的说了一大堆，看得人头大——所以说，科普工作者是美食评论家最大的敌人，再如何销魂勾人的美味，在他们抽丝剥茧的分析里，都只是一堆化学分子结构的表述——且这些挥发物会随着时间的推移而逐渐减少，这也解释了，为什么初采的香椿芽要比后采的香得多。以太和香椿闻名的安徽太和，其县志里即有"（椿）春初芽发，早采者贵，晚则质老味淡"的明确记载。

香椿吃法多样，用《遵生八笺》里的话来说，“无一不可”，大多凉拌，焯水后用盐、醋略腌，而后加各式调料浇上，拌而食之，爽脆利口；或用来与豆腐同拌，做法亦与凉拌同，这个在北方挺流行的；川菜里有“椿芽炝鸡丝”，鸡丝加调料腌过，过温油捞起后与椿芽同拌，再炝上热麻油，是酒席上有名的时令菜；至于挂上面糊后过油炸则是再普遍不过，我在山东吃到的还裹了一片黄花鱼的肉片儿一起炸，这个就属于招待贵客的豪奢之举了，一般人是学不来的。

当然，以上这些吃法都要耗费大量的原始食材，在香椿价格高企的当下，如是吃来自然有些肉痛。湖南最流行的还是椿煎蛋，不过一二两嫩椿芽儿，细细切碎，打入蛋液，油煎使熟，咬去也是春意盎然，也算是聊胜于无了。

早春食荠须趁时

是从苦菜知道荠菜的。幼读《诗经·邶风·谷风》篇，其中有“谁谓荼苦？其甘如荠”句，荼是苦菜，因名而想其味，当是苦口，却有一丝回甘，如“荠菜”一般。

幼时懵懂，虽识“荠”名，却一直不知荠菜是何模样，及至大了，知道田间地头随处可见的地菜子便是《诗经》里“其甘如荠”之荠时，竟有些恍惚——孔子要求弟子们读《诗经》，说可以“多识鸟兽草木之名”，我却连荠菜也不识，实在是愚钝得可以了。

当然，作为一名惯于为自己的不长进寻求种种客观缘由的后进分子，不识荠菜也是情有可原的——除了每年三月三雷打不动的地菜煮鸡蛋之外，荠菜似乎从未在餐桌上出现，便当它是随处可见的野草，知道个地菜子的俗名已然不错，也没人跟我说过这就是荠菜啊！

后来看聂凤桥的《蔬食斋随笔》，里头提到荠菜历来都是劳苦人民三春度荒的恩物，就更理直气壮了：不能怪我不认识荠菜，在我成长的年代，已不存在什么丰年荒岁之分，再贫苦的人家，也可保三餐无虞，不消再去田间地头踅摸野菜来果腹。至于三月三的地菜煮鸡蛋，纯粹风俗使然，与填充肚腹并无关联。等荠菜装扮一新出现在菜摊上时，已是近几年的事了。

荠菜入馔，湖南人熟悉的除了煮鸡蛋之外，最家常的做法便是荠菜豆腐羹了。荠菜氽水去涩，捞起切碎末，豆腐亦氽水后切丁，而后下猪油入锅，化后加入米汤煮开，再加入切碎的荠菜末和豆腐丁，滚过几滚后调味，起锅勾芡即可。除此之外，清炒或加肉丝炒也较为常见，只是有一点要注意，炒前须先氽水，以彻底去其生涩之气。

株洲外来移民多，北地流行的面食在株洲也有一席之地，以荠菜为馅儿做饺子、包子也是冬春交替之际难得的美味。曾在一祖籍河南驻马店的姐姐家吃过一顿荠菜馅儿的饺子，肥腴鲜美之外，更有一股若有若无的清香萦绕其间，绝非外间寻常馅儿的饺子可比。探询其法，也并不过分复杂，试述如下，以为读者诸君做个参考：先将荠菜氽水，捞起切碎，加猪油、盐、糖、味精拌匀，而后猪肉、冬笋同切二分方丁，加黄酒、酱油、鸡汤、糖、盐、味精、金钩米煨透并收汁，起锅凉透后与荠菜拌匀便可为馅儿了。

除了为菜为馅儿之外，荠菜还可入药。传统中医认为荠菜有和肝气、明目之功效，大文豪苏东坡根据这一原理发明了一道可以治疗疥疮的药膳，还特地写信给患有此病而卧床的朋友徐十二，说疮疥之起乃因血脉不畅，血脉不畅又是肝气不和所引起，所以“君今患疮，故宜食荠”。信中还详细介绍了做法：“取荠一二升许，净择，入淘米三合，冷水三升；生姜不去皮，捶两指大同入釜中；浇生油一蚬壳，当于羹面上，不得触，触则生油气不可食；不得入盐、醋……”至于味道，更是夸张，“君若知此味，则陆海八珍，皆可鄙厌也”——吃了我这粥，什么山珍海味都觉得面目可憎！

徐十二吃没吃这粥不清楚，也不晓得其疥疮有无治好，倒是百多年后，另一位爱国诗人陆游宦游蜀中，又吃到了苏东坡发明的这道药膳——当地人名之为“东坡羹”——自觉“甚美”，特地诗以记之：

荠糁芳甘妙绝伦，啜来恍若在峨岷。
莼羹下豉知难敌，牛乳抨酥亦未珍。
异味颇思修净供，秘方常惜授厨人。
午窗自抚膨脝腹，好住烟村莫厌贫。

夸赞到连制作方法也要保密，不肯传授给厨师，当可想见其美了。

现在想来，湖南家常所做的荠菜豆腐羹可能也是承其余韵，米汤换了米粒，又下芡使稠，再下豆腐丁使菜色搭配更为丰富，活脱脱就是千年前“东坡羹”的升级加强版。

当然，不管是为菜为羹还是为馅儿，吃荠菜都得趁早，一俟其抽薹开花，便老不堪嚼——三月三拿来煮鸡蛋也只是取其煎煮而出的汤水，菜叶并不吃的——恰如人生，美好的青春总是转瞬即逝，所谓“诗酒趁年华”，又岂止诗酒，谈恋爱也是要趁早的……不写了，我得出门谈个恋爱去了！

春初早韭正当时

唐肃宗乾元二年（759年）春，诗人杜甫被贬华州司功参军，从洛阳经潼关而往华州，路过奉先县（今陕西蒲城县）时，去探访了二十年未见的老友卫八处士，并住了一晚，然后写了首流传千古的《赠卫八处士》。

以今人眼光视之，这个卫八处士有点儿不够意思，二十年未见的老友到访，下酒菜竟只有菜圃中刚剪下的春韭数丛——“夜雨剪春韭，新炊间黄粱”——这像什么话?

其实，是我们误会了卫八处士，唐时春韭是贵物，记载唐时宫廷规章礼仪的《唐制》里明确写道：“立春，以白玉盘盛生菜，颁赐群臣。”这个生菜，就是韭菜，立春之际皇上特意颁赐给群臣尝鲜，当可以想象其贵重。更早一些的《礼记·王制》上也有“庶人春荐韭以卵”的说法——不过寻常的韭菜炒蛋，却是祭祀先人的祭品——又将春韭之地位推到另一个新的高度了。

当然，韭菜之贵仅仅只是针对春韭而言，一到夏季，其浓烈而刺激的气味便让困于溽暑而思清淡的人心生厌烦，故民谚有“六月韭，臭死狗”的说法。

眼下早春时节，正是春韭最为鲜嫩的时候，若跟一千多年前的卫八处士一样，也有二十年未见的老友到访，不妨也趁着这春雨去菜圃中剪些春韭来款待老友，若和我一样身居闹市，并无菜圃可以剪韭，也可去菜市场自行采买，只是如今大棚种植比较多，须仔细辨认，得挑韭叶细长狭小且有浓烈刺激气味的，这才算是晒过暖阳、经过风雨的野地春韭，比温室里培育的口感不知高出多少倍。

韭菜入馔，湖南人最熟悉的就是拿来煎蛋了。择洗净后切段，略过油，再入蛋液中搅拌均匀并调味，而后锅中下油，慢火煎成饼型即可。高档些的就是韭菜炒河虾了。《随园食单》里也有记载，“专取韭白，加虾米炒之便佳。或用鲜虾亦可，鲜蚬亦可，肉亦可”。也可拿来切段后与焯水后的千张同炒，江浙一带人尤嗜此味。我在广州混的时候，有个江苏兴化的兄弟名唤老陆，隔三岔五总要炒上一盘过把馋瘾，我则讥笑其为“鸡毛炒韭菜——乱七八糟”。盖因韭菜炒制入馔，须急火滚油，快炒起锅，稍过火候，则难堪入目。这兄弟总掌控不好火候，炒出来往往夹糊一团，大倒胃口……老陆后来欠了高利贷跑路，到现在还生死不明，偶尔在饭馆子吃到这菜，我总会想到他——这王八蛋还欠着我的钱呢！

以上韭菜入馔是作为配菜出现的，作为主料入馔也可，常见的便是清炒了，下些许剁椒，急火滚油出锅，脆嫩爽滑，早春吃来，有生机盎然之清芬；凉拌亦可，早年间夜宵摊上常见“氵旦韭菜”一味——“氵旦”是个生僻字，音dan，入声，指将蔬菜等放在开水里稍煮一下，到快熟或刚熟的程度拿起来再加工——韭菜汨过后捞起，加醋酱香油而拌食，近些年难得见到了，取代的是红遍大江南北的铁板韭菜——也不知是哪位高人发明的——酒精炉上上架铁板，下油烧热，而后下事先用调料拌好的韭菜，随下随吃，完了还可以打入鸡蛋拌和。

到了以面食为主的北方，韭菜的用途就更广泛了，举凡包子、饺子、馄饨、锅贴、饼子等，不管主食还是点心，凡有馅儿的，都可以在其中拌入韭菜末儿。

韭菜之流行，除了食用颇佳之外，还有其药用价值，《本草拾遗》里说韭菜能治“胸膈噎气”之症。

韭菜栽种颇易，且不须怎么打理便能随割随长，《说文》里解释韭菜之得名便称之为“一种而久者”,《尔雅》更是称其为“懒人菜”,“以其不须岁种也”。

“90后”的毛豆

晚饭后信步闲逛，见路边有卖毛豆的，豆荚饱满圆润，其上附着的绒毛清晰可辨，见那卖菜农妇的打扮，也质朴得紧，想必这毛豆是自家田地才采摘过来的。心下欢喜，便称了两斤，收拾干净白煮至熟，浸到自己熬的卤汁中，到下晚班回家，便可一一捞出，剥而食之，既解馋吻，又可略填辛劳一夜的肠胃，也不必担忧摄入过多热量而使身材走形，尤为重要的是，此时毛豆正当季，价格也亲民得紧。

当然，若是饭前，也有别的处置方式。细细剥出豆粒，洗净沥干水分，入油锅爆至七八成熟，而后盛起，锅留底油，下腌过入味的肉末，炒散后下爆过的豆粒，蒜子青椒随意，略加剁椒调味，成菜青红相间，看着就让人有食欲。

毛豆是黄豆年轻时的特称，大概是说其豆荚之上的绒毛此时最为茂盛，也最能看出它采摘下来的时间长短了。毛豆一般初夏应市，断断续续可以卖到深秋，中秋前后，豆秧衰败发黄，毛豆便成了黄豆，农人往往连同豆秧一并收割回家，暴晒后脱粒收作他用，再想重温毛豆那清爽脆嫩的口感，就只能待来年夏天了。

当然，这都是很多年前的老皇历，现如今大棚无处不在，毛豆也被收编，只要你有心去寻，一年四季都能在大小饭店的后厨找到它的身影。但是，非当季产的毛豆是没有那股子清鲜味儿的，这也难怪，季节对于大棚里养尊处优的毛豆来说只是形容词，不是动词，没有扛过风雨，晒过太阳，身子骨能跟野地里生、野地里长的一样？

也只有这个季节，我才会对夜宵摊子上的毛豆感兴趣。一般是卤好盛放在大盆中，遇有客人点单便舀出一瓢，兑入高汤，焖煮片刻便端上桌，也有直接舀出装盘的，卤料无非桂皮、八角、辣椒之类，味道也大同小异，不会差到哪儿去，尤其是嚼到后头，一股特有的清鲜味儿萦绕在唇齿之间，只有当季的毛豆才会有这销魂的口感，别的时候吃只是一股硬邦邦的卤料味儿。

也有例外。夏季温高，消夜摊子图聊撇（干净利落，湖南方言——编者注），往往一次卤一大锅，碰到有时候生意不济，时辰过了便有些馊坏，虽然卤料的味道能掩盖一切，上桌仍是卤香四溢，入嘴却是一股酸臭味，几元钱的玩意儿，也不好冲店主发火，总归是极为败兴。

所以，若是时间充裕，又恰好好这一口的话，我的建议是如本文开篇一样，自去菜市场采买鲜毛豆，无须太多，斤多足矣，洗净剪去两头以便入味，白煮至熟，浸卤汁中半个时辰即可。家中若无老卤，亦可现做，煮时加葱、姜、八角、桂皮、干辣椒诸物，旺火煮开，改小火慢慢熬煮，熟时自美。如果怕掌握不好卤料的多寡而至败味，大可什么都不管，只放粗盐则成“盐水毛豆”，江浙一带俗称“素蟹脚”是也，一谓其有毛有节，形与蟹脚相仿，二则意其味美，堪比河鲜中的螃蟹腿。

大概两年前吧，我常与一帮刚进单位的小朋友混一块儿，那会儿流行一种叫“干瞪眼”的纸牌游戏，技术含量不高，纯看手气，适合我这种头脑不甚发达又好玩点彩头打发时间的愚笨人士。往往下班后呼朋引伴，锁紧办公室的门闩便开始聚众窝赌。同屋尚有女眷，亦是刚应聘来此的新人，虽对此厌烦万分，但顾及我这老人身份，也是敢怒不敢言，不时还有消夜奉上。

我记得有一次，办公室最小的苏马姑娘，端了一盘毛豆过来，据她自言，是下班路上见有卖毛豆的，喜其新鲜，便买了数斤，回家加八角、桂皮等各式卤料一并煮过，端到办公室原只为和闺密分享，却不想遇到我们这帮赌博鬼，不消片刻，毛豆便被抢得一干二净。许是打牌打得肚饿，又或是难得有这么一大帮人抢食，印象中，这竟是我吃过的最为好吃的一回毛豆。

再后来，牌打得少了，那帮小朋友也慢慢成长为业务骨干，成熟稳重多了，不肯再与我这老顽童玩些低劣的游戏。苏马姑娘几个月前去了深圳，微博上所见，接触的尽皆名流显贵，实在是让身居内陆小城的我等羡慕得紧。

只是，每到夏季，遇到街边有卖鲜毛豆的，若是嘴馋，总会买上一些回家煮上，深夜剥壳而食——兴致来了，还会斟上一杯朋友送的自酿葡萄酒——然后不无感慨地想起那会儿聚众赌博时的抢食之景。

真是岁月如梭啊，一晃眼，两年就过去了。

空心菜，年年知为谁生

我对夏天的感情很是复杂。一方面喜其高温，大街上姑娘们都穿得清凉，眼福大饱；另一方面，夏天的餐桌实在有些乏善可陈，瓜果一统天下，绿叶菜要么老不堪嚼，要么蔫头耷脑，再加上溽热的天气对胃口的折磨，实在是难有下箸之勇气。

好在还有空心菜。这玩意儿不怕热，气温越高，生发得越是繁茂，街市上随处可见，苍翠欲滴，价格也亲民得紧，赶上刚采摘下来的，其上还氤氲着拂晓田间地头的凉爽水汽，看着就让人有食欲。

空心菜原名蕹菜，也有写作蓊菜的，空心则喻其形也，中空而有节，若菜中之竹。所以，吾友南宫浩谓其为“深具禅意”的菜，是“空即是色，色即是空”的绝妙注解。空，自不待言；色，亦有说道。空心菜入锅前呈青绿，出锅后的菜叶竟现翠绿色，汤汁却是碧绿，须快吃，俟冷即成墨绿，便不堪受用了——色泽的变化揭示了人生的无常，好时光常如白驹过隙稍纵即逝……

除了深具禅意，按传统典籍所载，空心菜还有解毒之奇效。《博物志》里说曹操“习啖冶葛，至一尺”，冶葛即钩吻，民间俗称断肠草，剧毒，曹操为什么喜欢吃这玩意儿，书里没解释，联想到《博物志》是本志怪小说集，大抵是借此来侧面反映魏武帝的不同于常人之处。

可百多年后的嵇含却不买账，在其编撰的《南方草木状》里对此传说做出了“科学解释”，说曹操之所以敢吃冶葛是因为之前吃了蕹菜，蕹菜能解冶葛之毒，还进一步说明“以蕹汁滴其（冶葛）苗，当时萎死”，正是传统医家的生克之理。至于这“科学”有多大的临床效果就只有天晓得了，反正我是不会犯傻到以身试毒的。之所以说蕹菜能解毒，可能还是名字登对吧：空心菜，断肠草，心都空了，肠断了又有何干系呢？

佛家谈禅，医家说药，似我这般愚笨之人，街市上望见那一束束苍翠欲滴的空心菜，只会不自觉地吞咽口水，溽暑难消，全赖这一抹青绿拯救下几近消失的食欲。好在空心菜还有个“清淡平和而不抢味”（聂凤桥老先生语）的优点，既可单独成馔，也可与其他食材任意组合，且不夺其他食材的原味。唯有一点要注意，其质娇贵，不宜久烹，须急火快炒，才能保存其色香味形感；做汤则宜氽，不可长时间焖煮，否则色变而味失，不说暴殄天物，起码也是辜负了盛夏餐桌上这一抹难得的鲜绿。

当然，除了上面的那个优点，空心菜之于我而言还有另一层含义：实惠。大抵物多则贱，似空心菜这般田间地头随处可长，而且随掐随长的大路货，价格自然高不起来，三五元钱便能买上一大把，回家择洗干净，茎叶分离，茎秆爆炒，绿叶氽汤，几元钱便能成一菜一汤——独身过活的，一餐也就打发过去了——再没有比这更实惠的事了。烹饪也颇简便，爆炒的茎秆可下些肉末，若无亦可，热油猛火，多下蒜末，略放数十粒浏阳豆豉，断生即出锅，爽脆又起口味；氽汤更为简便，有高汤最好，若无，白水亦可，略加几滴荤油，烧开后调味，放洗净的菜叶，水再开则断火盛起，滴几滴香油，撒些胡椒粉，清淡中自有真味。

也有例外。如果运气好，遇到菜市售卖的空心菜是刚长出来的嫩芽，则可茎叶合炒，择菜时捏破中空的茎秆以便入味，多些油，少些菜，蒜泥爆香，稍翻即起，讲究些的可以放些腐乳汁或者虾酱——据说孙中山先生最爱虾酱炒空心菜这一味，任大总统后，宋庆龄常为他准备此菜——本味之余，各有各的风味，也是饶有特色。

只是空心菜太过寻常，寻常到若不是夏日难以寻到可替代的绿叶菜几乎就会忽略它的存在。但也有人记得它，金庸小说《连城诀》里的主角狄云外号就叫“空心菜”，是师妹戚芳取的，意其全无心计，太过憨厚耿直。如今想来，“空心菜”除了空心之外，还暗含着对狄云身世的隐喻：一个憨头憨脑的乡下穷小子，闯入至亲师友精心设计的连环阴谋之中，加于身的屈辱背叛都能等闲视之，唯不能忘怀当日师妹的那一句“空心菜”。

犹记得越狱而出的狄云误打误撞闯入万圭后院，已为人妻的戚芳唤女儿空心菜的名字，寻常又熟悉的三个字，如惊雷一般炸响在狄云头顶。狄云想起当日在湘西山中，“无意中和戚芳的目光相对，只见她夹了一筷空心菜，放在嘴边，却不送入嘴里。她用红红的柔软的嘴唇，轻轻触着那几条空心菜，眼光中满是笑意。她不是在吃菜，而是在吻那几条菜。那时候，狄云只知道：‘师妹在笑我是空心菜。’……这时在这柴房之中，脑海中灵光一闪，忽然间体会到了她红唇轻吻的含意”。

就这么一个瞬间，冰里火里的苦痛挣扎又算得了什么！那一声熟悉而温暖的“空心菜”原是能消解人世间一切苦厄的……

多年以后，重读《连城诀》，再看到这一段的时候，心仍会不由自主地抽搐。杜牧写红芍药的落寞，“年年知为谁生”，现实中的空心菜比芍药更落寞，又有谁知道被人忽略甚或轻贱的空心菜也有情有爱呢？

吃蚕豆不吐蚕豆皮

周末抽暇返乡小住，爹妈对我这个“远道而来”的客人格外殷勤，饭桌上的菜肴也从未有过的丰盛。可我却有些不自在，倒不是矫情地觉得对父母的厚爱有所亏欠，而是连日加班疲惫不堪，兼且舟车劳顿的我，实在是对满桌子的大鱼大肉提不起丝毫兴趣。

好在饭桌边沿还有个不太瞩目的细瓷盘，凑近看是剥去豆荚的蚕豆，红椒丝并肉末炒过，青红相间，看着就让人有食欲，入口更是粉糯。不多会儿，我便就着这盘蚕豆咽下两碗米饭。我爹却在一边大摇其头，“臭小子进了城还是脱不掉‘泥腿子’的肠胃”。

这话我爱听，进城逾十年，最怕家乡父老说忘本，尽管我的生活圈子已远离故土家人多年，至少，肠胃仍属于这片生我养我的土地。

蚕豆是典型的时令菜，满打满算也就个把月的入馔时间。清明前后豆荚开始泛青，酣睡在荚里的豆儿也渐次饱满，这时往往是孩童们的节日，放学路上特意挑田间走，顺手从田间的蚕豆丛中捋过一个豆荚，剥开便见几粒翡翠般嫩绿的豆儿横卧其间，咬上一口，满满都是春天的绿意。拿来入馔的也有，典型的见于袁枚的《随园食单》，“新蚕豆之嫩者，以腌芥菜炒之，甚妙”，并且还要特别强调“随采随食方佳”。袁枚是才子，身家也可观得很，在吃一途上更是舍得下本钱，终日操持农事的乡人自不能与之相比，所以对小孩儿的胡闹很是恼火，在他们看来，这个点儿的蚕豆还不能吃的，必得等到谷雨过后，豆荚儿青得发亮，内藏其间的豆粒儿圆润饱满到无以复加，这时候采摘下来入馔，入口粉糯无比，更可焖在米饭中替代主粮——早年间粮食没现在这般丰裕，青黄不接的时辰，蚕豆焖饭是大多数农户灶台间必备的伙食。

眼下已交立夏，其实已过了吃蚕豆的最佳时辰，粉糯虽然粉糯，但已经熟透，一句俗话形容就是“老了”，但乡人也有乡人的办法，水煮捞起之后再行烹饪，一样好吃。至于烹饪方法，多是合以肉末或者肉丝炒之，再放水略焖即可；也有剥去豆粒儿面上的那层表皮，与经霜的雪里蕻油爆后一起烧汤的，但不多，只有顶尖吃货才会这么讲究。相形之下，我还是更喜欢叶灵凤的拿手菜 “蚕豆樱桃肉”，“将五花猪肉，切成比豆粒稍大，约半寸见方，这么与蚕豆红烧。肉是殷红的，豆瓣是绿的，颇不负樱桃肉这个美名”。不愧是鸳鸯蝴蝶派的作家，豆儿跟肉，你中有我，我中有你，颇有些缠绵悱恻的意味在里头。只是不知为何，乡人多将蚕豆拿来清炒或略带水焖，鲜有红烧的，所以，这一美味也只能在想象中描摹大概了。

再往后，蚕豆老得过了头，便不再有粉糯的口感，豆荚也渐次干枯，农人索性悉数摘回，剥去豆荚在烈日下暴晒，所得尽皆硬如石块的豆疙瘩，秋后炒过便是闲汉们的零嘴儿，只是有点儿考验牙口；亦可在豆瓣儿顶端剪出开口，油炸后拌上椒盐面儿，便是下酒即佳的“兰花豆”了。只不过我槟榔嚼太多，牙口早坏透了，且不喝酒，对油炸诸物均不感冒，这些玩意儿都与我无缘，再要重温蚕豆的粉糯口感，也只能静待来年了。

回到当日的餐桌，我爹尽管对我“乡土”的肠胃赞誉有加，却对我的吃法颇为不满：“吃个豆子还吐皮，太金贵了吧？”盖因这蚕豆已过最鲜嫩的时节，尽管是水煮之后入馔，表皮仍有些粗老，入嘴嚼之颇不爽利，干脆嚼出吐之，在向来对食物极度节俭的父母那一辈人看来，这就有点儿“暴殄天物”的感觉了。

我却不然，一代人有一代人的生活轨迹，对待食物的不同态度也可以反观人的成长道路。幼时课本上有篇名为《社戏》的课文，现在回想，早对社戏的场景模糊不清，却清晰地记得，社戏途中，一帮子小伙伴把船吱吱嘎嘎地摇过来，上岸偷摘了田地里的青蚕豆，在甲板上支起小锅，煮了吃……

类似的玩闹在我儿时也曾有过，那会儿哪会想到吐皮啊，不待熟透便迫不及待往嘴里塞，略略嚼过便一口吞下，然后又伸出爪子向锅里探出……只是，这样单纯的快乐，这辈子怕是再也不会有了。

秋日菱角入菜来

时序已近秋分，“秋老虎”虽然余威犹存，但眼见着也没几天蹦跶了，晚间行走于街区之间，风吹过，略略还有一丝凉意。

这是一年中最好的季节，不冷不热，天蓝得透亮，人的心情也格外舒畅，尤其对于我这样的吃货而言，春种秋收，春天播撒的希望在此季都陆陆续续应市了，菜篮子从未有过的丰盛，一些秋日特有的时令菜也在这时节登上了市民的餐桌，譬如素有“秋三宝”之称的栗子、莲藕和菱角。

就株洲市面而言，栗子和莲藕都是秋日餐桌上的常菜，只是那菱角，却难觅其迹。其实，株洲原也是产菱的，只不过城市化进程早让一片片水乡泽国都成了拔地而起的高楼，菱角早不见影踪，更莫提以之入馔了。

菱角入馔，在各式典籍中所载颇多，最近的是唐鲁孙在盘点旧时北京的消暑佳品时提到。旧时京城北郊什刹海有个饭庄名唤会贤堂，该店并无甚拿手好菜，只以一道“什锦冰碗”的冷盘享誉旧时的北京城，这冰碗内全是各色河鲜，鲜莲、鲜藕、鲜菱角、鲜鸡头米之外，还得配上鲜核桃仁、鲜杏仁、鲜榛子，最后配上几粒蜜饯榅桲，冰镇之后上桌，虽要价不菲，却极受欢迎。

当然，这都是有钱人夏日的消遣。到得秋日，菱角渐老，爽脆清甜的口感不再，用之配菜以解温饱之需便成了它最好的归宿。中国产菱的各大湖区都有形色各异的菱角菜肴，尤以“千湖之省”的湖北为甚，而洞庭湖西滨的常德承其余韵，亦在餐桌上将菱角玩得花样百出。

朋友老谢，开了个土菜馆就在我家楼下，为了保证菜蔬品质出众，他还在郊区的高塘度假休闲村圈了块地种菜养鱼。也不知哪日突发奇想，他在门口的鱼塘中撒了些菱角种下去，经春历夏，其长势喜人，自此而后，这家门脸颇不起眼的土菜馆便成了株洲市面就我所知能在秋天吃上形色各异的菱角菜肴的唯一所在。

菱角炖鸡、菱角炒肚片、菱角焖排骨、菱角炒肉末、菱角肉片汤、清炒菱角……十余款形色各异的以菱角为主打的菜肴渐次端上餐桌。因着头戴美食记者这顶帽子，每季菱角应市之时，老谢必先请我试菜，这次也是如此。

坦白说，菱角入馔的菜肴看上去十分平常，并无“高大上”之观感，想到旧时乡里也只是拿它当充饥之物，虽然今时不同往日，菱角在充饥之余有了别样身份，但到底是上不得台面的贱物，花枝招展地装扮未免太过浮夸，且待尝它的口味如何才是王道。

首先尝的是离我最近的菱角炖鸡。浅灰色的菱角块卧在黄澄澄的鸡汤之中，鸡肉块儿充斥其间，先喝汤，咸香凛冽，当是先过油再焖煮的黄焖改良法，比之清炖的更为入味。再夹一块菱角入嘴，粉糯无比，尤可叹的是，因焖煮时间过够，饱吸鸡汤之精华，菱角自有的清甜之中亦带鸡汤的咸香，复合性的口感让桌中人频频持汤瓢舀食，不大会儿，汤汁和菱角便已告罄，只余一些尴尬的鸡肉块不甘心地倒卧在盆中。

接下来是菱角焖排骨，取红烧做法，排骨飞水，炒糖色，翻炒上色后焖煮至八成熟，而后加入菱角，焖煮至熟再大火收汁，色泽红亮，看着就起口味，入嘴亦如是，排骨的味道完全焖到菱角之中，蘸着汤汁咬下，那味道，恰与当日在乡间，妈妈在厨房里端出的那盘菱角烧排骨相吻合，久远的味觉在这一刻复苏，思绪飘向西北向二百余公里的故土，想着在常德老家，吃过这些菱角，再过些日子，就该收晚稻了。

冬天，吃羊肉

一交立春，按老辈人的讲究，就该是新的一年了。岁在乙未，“马上有钱”已经落伍，羊年嘛（本文写于2014年岁末——编者注），开口跟人打招呼得说“三阳开泰”才算讨巧。

既是羊年，餐桌上若是少了那一味浓郁鲜香的羊肉，总归觉得少了点什么东西。好在株洲人对羊肉的热情不减，羊年还远未至，天儿刚开始有些凉意，便呼朋引伴寻个地儿吃羊肉去也。

按中医说法，羊肉“暖中补虚，补中益气”，而且，比起牛肉、猪肉等寻常肉类来说，少了很多阴阳生克的饮食禁忌——我见过有不吃猪肉的，也有不吃牛肉的，不吃狗肉的就更多了，却很少见到有人说不吃羊肉。再加上羊肉那棱角分明的独有口感，想不去吃它都难。

羊肉吃法很多，最为知名的就是北京的涮羊肉了。羊肉薄切成片，白水涮过即可，可单吃，也可蘸酱借味。好的羊肉除了可以涮之外，还可以白煮，《舌尖上的中国》里有草原上“手把羊肉”的制作过程：肥羊宰杀洗净，斩切大块，入开水锅，煮至仅熟即捞起，什么调料都不用放，蘸盐吃就足够鲜美。

与之类似，但更为豪放的吃法则见于《清稗类钞》，里头说藏人饮食风尚，“以肥羊脯投之釜，汤初沸，即出之，切为大脔。脔必露其骨寸许，如器之有把者。人持一脔置左袖，倒握其骨，如佛之持如意然。各出所佩小刀，割而食之，腥血常沾于唇”。

想想有些不寒而栗，还带血丝，能吃吗？当然能吃。美食大家聂凤桥老先生曾入藏区采风，据其回忆，白煮的羊肉如果熟透，“木渣渣地很乏味”，“倘若带生，反而有了一种草原情韵!”他还言之凿凿地说：“这是藏族同胞千百年来饮食实践的结果。”

就和所有的美女脾性都不大好一样，肉中的宠儿羊肉也个性分明，不管绵羊还是山羊，膻味儿都如附骨之疽般萦绕其间，如何祛除也成了厨行中人大为恼火的难题。以，不管白煮还是涮，都只限于膻味儿相对温和的绵羊肉，若将山羊肉也如是处理，食客肯定是要拍桌子骂娘的。

湖南不产绵羊，多以山羊入馔，黄焖为主，现杀活羊斩切大块，先汆水，再捞出洗净，和大料一起放入锅中，加冷水没过（可多放些水），大火烧开，撇去浮沫，改小火慢煨，煨至七八成熟再捞起，改刀片出肉块，骨头可以继续扔入锅中煨，然后另置一锅，下好茶油，油热后按来客多寡下拆好的羊肉，并姜蒜辣椒一起爆香，而后注入煨过羊肉的原汤，烧开后即可，图的就是那一份热辣鲜香的口感。

就株洲市面而言，大体都采用如上方法烹制，可口味却千差万别，有些馆子顾客盈门，有些则门可罗雀，其间差距全凭厨子个人的调味配比和火候掌控。玻璃厂后门有家开了二十多年的小饭馆，主打黄焖羊肉，有次我带一长我几岁的老口子前去吃饭，进店前这哥们儿还跟我开些荤素不拘的玩笑，黄焖羊肉上桌后只夹了一筷子，就眼眶泛红，说就是小时候的味道，怕是十多二十年没吃到了，末了硬是拉着店主的手，语带哽咽地追忆起那些他们当年的饮食风尚，弄得一旁的我极为难堪——也是有头有脸的人物，怎的一见到好吃的就这般失态？

当然，以上都是羊肉的常规做法，非常规的做法或因食材难找或因现代人的口味差异而湮灭在历史长河之中，只能在各式典籍中得窥其当年的神韵，譬如“周八珍”中的捣珍，《礼记》中记载的是“取牛、羊、麋、鹿、麇之肉，必胨。每物与牛若一，捶反侧之，去其饵，孰出之，去其皽，柔其肉”。想来古人牙口都不大好，所谓的珍馐，必得熬至软烂方称合格，但我总觉得，好肉得有些嚼劲，如此软糯，或曰入口即化，总归是有些怠慢了。

成书于南北朝时期的《齐民要术》中有关于“胡炮肉”的记载：“肥白羊肉生始周年者，杀，则生缕切如细叶，脂亦切，著浑豉，盐，擘葱白，姜，椒，荜拨，胡椒，令调适。净洗羊肚，翻之。以切肉、脂，内于肚中，以向满为限。缝合，作浪中坑,火烧使赤，却灰火，内肚著坑中，还以灰，上覆之。于上更燃火，炊一石米顷，便熟。香美异常……”揣测其名，当是源于当时少数民族的粗犷食风，我想，这大概是羊肉最为销魂的吃法了：向晚时分，饥肠辘辘，顺手牵过一只羊来，宰杀洗净，肉细切纳入羊肚之中，然后掘坑为灶，燃火造饭，并将羊肚埋入火灰之中，不过几盏茶的工夫，饭熟肉亦熟，人生得此至味，便做个风尘仆仆、逐草而居的牧民又何妨呢？

芹献之美——从水芹说开去

中国文人向来谦虚，文武全才的辛弃疾也不例外。

南宋乾道元年（1165年），时为广德军通判的辛弃疾就宋金双方和与战的前景做具体分析，写成十篇论文，这便是中国军事论著史上难得的《美芹十论》。

这里涉及一个典故。《列子·杨朱》篇里有个故事，说有个乡巴佬逢人便说戎菽（胡豆）、枲耳（苍耳）、水芹特别好吃，村里有个土豪信了他的话，也去找来吃，结果吃了肚子痛。大家伙儿嘲笑埋怨这个乡巴佬，乡巴佬自己也觉得特别惭愧……后来，人们便将自己的上书、建议自谦地称为“芹献”或“献芹”，辛弃疾的《美芹十论》也典出于此。

典故里那乡巴佬的土豪老乡之所以吃了水芹会闹肚子，据我估计是土豪平常的伙食太好了，乍一吃水芹这类孤寒的野物，肠胃还不大适应。

是的，水芹是野菜之一种，大规模种植也就近些年才有的事，不比近属旱芹，千百年前便开始人工培育，还细分为药芹、大芹、西芹诸多亚种，更兼大棚种植技术的推广，菜市场常年可见旱芹出售，与芹菜相关的各种菜肴也得以开发。相形之下，水芹就落寞多了，也就冬春之交的这三两个月时间可以见到——俟其抽薹，便老不堪嚼矣——又兼有浓烈刺激性之气味，吃的人就更少了。

但对好吃且懂吃的人来说，水芹却是此季难得的美味，《说文解字》里将其称为“楚葵”——古人称葵为百菜之王，却不是今日寻常可见的向日葵之属（汪曾祺先生考证说，葵是今日湖南常见的冬寒菜）——楚地之“葵”，评价不可谓不高；而我国，也是全世界第一部烹饪理论著作《吕氏春秋·本味》篇中也有“菜之美者，云梦之芹”的说法，可见，在古代中国，水芹一味，是可列为菜蔬之中的上品的。

水芹入馔，湖南人最常见的就是与腊肉合炒了。腊肉爆香后倒入洗净切段的水芹和红椒丝，大火翻炒几下，趁鲜青未退、香气袅袅时即可盛起装盘，清爽中不失辛辣，腊香味亦浓郁，下饭佐酒皆宜；清炒亦可，点点红椒丝，酌加十数粒碾碎的浏阳豆豉，热油猛火，快炒起锅，清香中自有其真味；凉拌也可以，开水焯过后捞起沥干，切段后加盐、鸡精、辣椒油和香醋拌匀，细嚼舌底有丝丝清凉芳香之气……只是有一点，选来入馔的水芹必须是鲜嫩的，挑选的方法是掐一下水芹的杆部，嫩者易折断，韧而不易折断者，不消说，自是芳华已逝的老水芹无疑。

除了以上做法，湖南人还惯于拿水芹来与黄鳝配菜。湘菜大师石荫祥老先生生前所撰《湘菜集锦》一书中有“熘嫩子鳝丝”一节——其法为鳝鱼去皮骨后切细丝，先用猪油滑过而后捞起，水芹段并姜蒜等调料亦炒过，而后加入少许清汤，开后倒入滑过的鳝鱼丝，翻炒后勾芡即成——只是鳝鱼去皮切丝之步骤太过烦琐，且滑之烹饪技法在湘式烹饪技法中并不常见，一般的店家或者家常做法，都是切鳝段便对付过去了，手法也变为了黄焖（详见文末菜谱）。

此季水芹应时，菜市场也便宜得很，三五元钱便能买上一把，是清炒入馔还是与鳝鱼同煨都可以。只是，我个人建议，若想完整体验到水芹这一充满野趣的初春滋味的话，还是自去采摘比较够味——反正株洲濒临湘江，所在沟渠港汊颇多，水芹亦随处可见——一是自己采摘的比菜市场购买的更为鲜嫩；二嘛，采摘水芹在讲究文化传承的中国还是难得的雅事一桩。

“思乐泮水，薄采其芹”，这是《诗经·鲁颂·泮水》里的句子。泮水之畔有泮宫，是春秋时期鲁国的学宫，学宫中的学子可以采摘泮水中的水芹为菜，后来便将考取秀才、成了县学生员称为“采芹”或“入泮”——旧时士子更有高中后去孔庙祭拜，得在泮水边采些芹菜插在帽檐上之风俗——《红楼梦》里贾宝玉给大观园里的稻香村题“新涨绿添浣葛处，好云香护采芹人”中的“采芹人”也是这个意思。

跟旧时高中的士子相比，你我大多是没多少文化的粗鄙之人，却也架不住一颗附庸风雅的心，临时去学诗词歌赋难度太大，莫若趁此早春时节，择一风清日朗之日，寻一近水有芹之地，一一采摘过去，却不失为成本最小的假装有文化的方式之一。

Part 7 记忆中的味道

乡邻口中的传奇往事如烟雾一般湮灭在时光深处，筷子上夹着的王八肉块鲜辣滚烫，冒着实实在在的人间烟火气，将之送入口中撕咬吮吸，腹腔深处的满足感缓缓地浮了上来。

20世纪90年代的茄子

20世纪90年代初的某个夏日，在家的汪曾祺接到王世襄的电话，说是要过来一下。进门之后，王打开拎着的一个布口袋，跟汪说："刚才在虹桥市场买菜，看着茄子挺好，多买了几个，骑车送过来，尝个鲜。"完了两人没说几句话，王便蹬着自行车回家去了，那会儿王世襄七十好几，近八十岁了，两人住得虽不太远，但骑自行车也得半个多小时。

这则轶事见于汪曾祺儿子汪朗的回忆文章《"老头儿"三杂》，刊发于《三联生活周刊》王世襄100周年诞辰的纪念专辑中。用《三联生活周刊》主编朱伟的话来说，那一辈文人的交往，就是那么简单和纯粹。

我却从这简单和纯粹中读出了另一层意思：王世襄和汪曾祺都是出名的"好吃鬼"，仲夏时节的茄子正当时，王老先生又是顽童心性，见猎心喜，自然想着要与同是"吃货"的汪老分享，"吃货"之间的友谊才是最为牢靠的。

不过，汪朗的回忆文章并没写到汪曾祺是如何对付这茄子的，以汪曾祺老先生之精致，想来不会如寻常莽汉一般将茄子红烧了事，也不会拿来做茄醡——茄子切细丝，风干，封缸，发酵而成，有类湖南的坛子菜，老先生曾在《昆明菜》一文里提到过——那是用来对付夏末秋初的老茄子的，正当时的茄子拿去做醡，未免太过暴殄天物。我猜测汪老先生一定是做的“凉水茄”，煮烂捣碎，煮时加些黄豆拌匀，浇上三和油，俟凉却加上一些芫荽即可食，若条件许可，入冰箱冷藏后口感更佳。

当然，这猜测也并非空穴来风，“凉水茄”向为老北京平民的消暑菜肴，梁实秋在《雅舍谈吃》中还曾专文撰述，客居京城多年，又善于与底层老百姓打成一片的汪老先生，自然不会放过这一颇具地域特色的消暑美食。

与之类似的烹饪方式也在中国南方的广大农村地区广泛存在。盛夏暑热难消，三餐操劳不易，主妇们往往因陋就简，菜园中采摘下茄子、辣椒等各色菜蔬，煮饭时一并下到锅中煨至烂熟，俟饭熟捞出，趁热舀半勺猪油盖上，生抽、精盐调味，蒜切极碎，再添几滴香醋，拌匀食之，省事，且极起口味，能解救大多数被湿热暑气所破坏的好胃口。

当然，如果你硬是个极其注重仪式感的讲究人，也可单拿茄子入馔，厚切成片，下重油，煎至软糯，辣椒蒜子随意，一并入锅炒之，同样勾人馋涎。然有一条，必须重油，茄子是吸油之物，薄油炒出会有涩味，无法入口。所以，在旧时苦寒岁月里，这样有些“败家”的烹饪方式，寻常人家根本不敢染指一二，也就这些年，日子好过些了，也让我这平民百姓家的孩子有了亲近的可能。

不过，再怎么“败家”也比不上刘姥姥在大观园里吃的那道茄鲞了，“才下来的茄子皮剥了，用鸡油炸了，再用鸡脯子合香蕈、新笋、五香豆腐干子、各色干果子都切成丁，拿鸡汤煨了，拿香油一收，外加糟油一拌，盛在罐子里封严。要吃的时候，拿出来，用炒过的鸡瓜子一拌就是了……”可以想象刘姥姥当时那合不拢的嘴巴，乖乖，这到底是吃茄子还是炫富啊？20世纪八九十年代，北京有家名为来今雨轩的饭馆，以红楼宴为揽客招牌，这道茄鲞自然也在其中，著名红学家周汝昌曾受邀吃过一次，按周老先生后来的回忆文章所记，其实在难以称得上美妙，“油汪汪的一大盘子，上面有白色的顶状物，四周有红红绿绿的彩色花配衬着，吃起来味道像宫保鸡丁加茄子”，令人“停箸难以为继”。

炫富也好，摆谱也罢，尽管极尽繁复之能事的茄鲞只存在于文人墨客的想象之中，但随着生活水平的提高，我们也在茄子这一极为普通的菜蔬身上玩出了自己的花样。就譬如我的前同事凡静斋散人，此君年龄与我相仿，闲暇时也爱钻研厨艺，与我颇有些话聊。某次友朋宴饮，说好我掌厨，这厮横插一杠子，硬是要自献一道菜来待客，都是熟人，也不好推辞，便由他去了。

他待客菜肴的主角是茄子，先入锅蒸熟，而后剥去外皮，捣碎如泥，瘦猪肉细切成末，先行腌制入味，锅内下重油，一并炒之出锅，肉末混入茄泥之中，软糯中又带脆爽的口感，一众牛鬼蛇神吃得大呼过瘾，溢美之词不绝于耳。这厮静立一旁，照单全收，脸上闪耀着满足的微笑。倒是我，从采买到洗切，再到下锅出锅装盘，老腰累断，也没收获一个谢字，路人甲一般落个不闻不问的凄凉下场。

哎，这才叫“一招鲜，吃遍天”啊！

油头粉面里的乡愁

K9076稳稳地停在常德站，初秋的风打在身上略有些凉意，将胸前松散的纽扣扣好，越过广场不停拉客的闲杂人等，伸手拦下一辆的士，“到下南门”。

下南门的鸡鹅巷，就在手机一条街背后，长不过百米，自古便是城市中心地带，商业氛围浓郁，20世纪三四十年代便是常德各类地方风味小吃的聚集地，今天也不例外，大小餐馆林立，当然，更多的则是简陋甚至破败的各色粉馆。

尽管已过吃早点的时辰，此处人仍然不少，我随意挑了家人最多的店，门脸不过十来个平方，内里只摆了六张长方桌，所幸不是主干道，门前走道上也摆有桌椅家什来收留我这样的“迟到人士”。

“圆粉，牛肉，加卤蛋。”无须过多言语，片刻工夫，一碗热腾腾的牛肉粉就端到你面前，牛肉炖得酥烂，汤汁浓郁，米粉爽滑……只有街边的无名小店才能出品这样简单却用心的小吃。尽管相去不过数百米便是某著名的米粉连锁店，可规模化经营的米粉店只是不谙世事的“90后”凑热闹的地方，或者所谓的“地方特色”，真正的“特色”或曰“味蕾上的乡愁”必须是这样满是人间烟火气息的鸡毛小店。

吾友南宫浩，星城知名吃货，盘点省城长沙的早餐，以“油（条）（馒）头（米）粉（碱）面”称之，将之移植到常德人念兹在兹的米粉身上也未尝不可。

油是猪油，下粉前已和各式调味料码放在碗中，一瓢熬得酽酽的骨头汤当头浇下，隔好远都闻得到香味。

头是浇头，也叫码子，浇淋在下好的米粉之上，各式菜蔬肉食均可做成码子。当然，知名度最高的还是牛肉码，上好的黄牛肉，氽出血水后略炒，而后加数十种各色香料，熬煮一个晚上方有醇香浓郁的口感。

粉是米粉，必须是鲜榨现制的，色白、柔韧、圆润，口感爽脆又不失嫩滑。在外地，经常有人在得知我是常德人后故作聪明地来一句，“吃（音七）圆的，吃扁的”，其实这都是以讹传讹，常德人所说的粉通常指圆粉，在外地被称为扁粉的东西，一概称为米面。

面分两种，一种是前已提到的米面，另一类则指碱面，色泽淡黄，嚼劲十足，通宵之后来一碗干腌面最为解乏提神。

按说以上这些操作程序或曰食材都不难置办到位，可我离家十余年，硬是没在常德以外的其他地方尝到这种美味，只有在短暂回乡停留过程之中，才会与记忆中的美食来一次全方位的亲密接触。

有传言说常德的米粉之所以好吃，是因为这种鲜湿米粉只有常德才能生产，甚至将之归因于水质因素，我却总觉得这种“南橘北枳”式的神奇在一个交通便利的现代社会太过扯淡。

以我个人的感觉而言，之所以在外地觉得挂着家乡旗号的粉面没有在家吃的那般美味，排除食材选择和掌勺师傅个人水平的因素之外（或许跟你在家乡吃的口感略有差距，但那差距几乎可以忽略不计，因为人的味觉系统不会精密到那个程度），更多的是缺乏那种在你血脉深处绵延数十年的情感，那种离家日久而愈是浓烈的乡愁。

就好比现在，我呼啦啦吃完一大碗牛肉米粉，抹抹嘴边的油汁，太阳明晃晃地悬在头顶，整个人都有些眩晕，一个饱嗝从肠胃深处惬意地涌向口腔：这才算是到家了！

大油

周末友朋雅聚，正在厨房里忙活，忽地窗外吹过一阵冷风，除了骤加于身的寒意，还有股子久违的异香飘然而至，不但是我，就连客厅里忙着吹牛的众人也禁不住吸了吸鼻子：谁家在炼猪油，这香味儿怕是好些年没闻到了！

20世纪80年代前后出生的孩子大多有过这样的经历：小煤炉上坐着个铝锅，锅内是切成块儿的猪板油，随着锅内温度的增高，油脂慢慢从板油块儿里溢出，满屋子都弥漫着猪油独有的香味儿——每每此时，小孩子们便知道，一会儿就该有香喷喷的猪油渣吃了——待得板油块内的油脂完全溢出而缩小成粒，颜色也由纯白色渐渐变成诱人的金黄，便可离火，漏勺捞出沥油，趁热撒些粗盐，那个滚烫鲜香，在那个零食稀缺的年代，无疑是难得的舌尖上的享受。

也不知从哪一天起，尽管饭店里仍不乏青椒炒油渣这道家常菜，尽管菜市场也不乏猪板油售卖，但寻常人家却鲜有买来自行熬制的，即连熬出的猪油也甚少在日常饮食生活中露面了。换言之，猪油这一曾承载我们这一代人太多温馨回忆的宠儿在今天已经退出了千家万户的厨房。

当然，凡事总有因果，猪油的退出也有其历史渊源。一个原因是说猪油的饱和脂肪酸过高，常食会增加血液中的胆固醇量，从而导致血管硬化，直接引发高血压、心脏病与脑溢血等“富贵病”；再有，随着生活水平的提高，包括菜籽油、大豆油、花生油、茶油在内的可替代食用油源源不断地应市。两相夹击之下，猪油也就由当年难得的美食变为如今人人避之唯恐不及的弃儿了。

但总有机会吃到，包括沙琪玛、月饼等在内的须经油浸步骤的各类中式糕点，总少不了猪油这一味，倘换成别的油脂，总缺了那个独特的香味儿，口感也不如拌入猪油的那般丰腴。

还有饭馆，尽管如今连路边的烤串店都恨不得打出“绿色健康”的食疗理念，但他们不会告诉你的是，他们饭馆里大部分菜都加入了猪油（正经的素菜馆除外）——要不然何以同样的食材，确切的操作步骤你也清楚明白，炒出来就是没有人家饭馆好吃——尤其是青菜，《随园食单》里说，炒素菜须用荤油，为的是“交互见功”，使寡淡的素菜因荤油的介入而拥有多层次的味觉体验，尤其是素而又素的青菜，若是素油炒出，难免失之单薄（我炒青菜，惯切点肥猪肉爆锅——因家中并未备有猪油——待肥肉内的油脂逼出，才将青菜下到锅中猛火爆炒，只加一点点盐就足够鲜美，若是素炒的，怎么也出不了那个味儿）。

也有例外，还有些饭馆就大方地打出“青菜自家种，猪油自己炼”的招牌来揽客——尽管这样的饭馆大多是标榜农家风味的家常菜馆，逼格上不去，也很难入都市时尚男女的法眼。究其实，说猪油不健康是犯了方法论的错误，凡事都有个度，量体裁衣，好吃才是评判食材好坏的唯一标准。更何况，与植物性油脂相比，猪油的发烟点更高，在惯用爆炒的中式烹饪中，这大大减少了因油温过高而导致油脂氧化产生致癌物质的可能。

好吃是猪油的内在美德，好看则是它的外在表现形式。明清艳情小说里描写女子相貌之美，“肤如凝脂”几乎是百搭句式，就连白居易在《长恨歌》里写杨贵妃的日常起居，也不忘来一句“温泉水滑洗凝脂”，凝脂很显然就是猪油凝固的状态。白，不是那种毫无生机的惨白，而是透着细腻光泽、引人遐想的象牙白，似我这般格调低下之人，总会忍不住地想去摸一把，想来，手感应该非常不错。

就是这般的象牙白，融入菜中便成了半透明的汤汁，一点儿也不喧宾夺主，主食材是什么颜色它便是什么颜色，如果不是浓郁的香味出卖的话，你只当什么也不曾放过。还是《随园食单》，袁才子在里头提到了一道“猪油煮萝卜”，“用熟猪油炒萝卜，加虾米煨之，以极熟为度。临起加葱花，色如琥珀”，且不论其丰腴的口感，就是“色如琥珀”这四个字，岂是别的植物性油脂所能达到的？

除了炒菜，猪油还可以用来拌饭。刚出锅的热饭，放些猪油，再加些酱油，拌匀就可以了，小时候猪油精贵，还不能常吃，只有生病才有这待遇。美食家蔡澜在上海开了家名为粗菜馆的饭庄，猪油捞饭就是其中特色之一，据称好多明星光顾时都要来上一份。我虽没有尝过，但看网上的图片，也与幼时病中的美味不谋而合，想来那些山珍海味吃惯的明星们也难割舍这幼时难得的美味。

行文至此，忽地想到，我是不是也该去买些猪板油来熬呢？袁才子的“猪油煮萝卜”在制作流程上可能有些语焉不详，全盘复制尚需一定时间试验，但这味“猪油拌饭”可真是有好些年没有吃到了。

肉味

早几年我在长沙混出版圈的时候，逢有新书出样，必定全员加班。到饭点儿，老板便领着我们一拨儿人到公司附近的某家苍蝇馆子打牙祭。

菜嘛，无非是寻常的鸡鸭鱼肉，倒是老板，经常会就这寻常的菜肴点评一二，并回忆起若干年前自己吃到类似的菜肴时其是如何的丰腴——老板四十上下年纪，典型的长沙老口子，爱吃，更会吃——印象最深的是，他经常在菜品点评完之后不无哀怨地来上一句："你们这辈子怕是没机会吃到这样的东西了，现在都是饲料喂养的，鱼没鱼味，肉没肉味。"

鱼我吃得少，没多少发言权，但这个"肉没肉味"却有深刻体验。小时候吃的肉多香，不用多繁复的烹饪手法，辣椒蒜子爆炒之，别提有多香了；而现在呢，任是如何方式烹饪而出，也只觉得不过如此，全没有小时候那股子沁人心脾的香味了。我想，这大概就是当时老板所说的"肉味"吧！

当然，这个话题在心理学家那里有着另一种表述方式：之所以觉得小时候的肉香，是因为那时物质匮乏，难得吃上一顿肉，偶尔吃到，便觉得是无上美味了；到了现今物质充裕的年代，食材种类花样翻新，各式肉类亦沦为寻常可见的食材，日复一日地穷吃不止，再鲜美的食物也视若寻常，那记忆深处的“肉味”便更加难以找寻了。

不过，这个说法遭到了烹饪大师们的一致反对。所谓的“肉味”是因为稀缺性而造成的说法是彻头彻尾的“伪科学”，“肉味”缺乏的根本原因是因为现阶段规模化的养殖业无法重现野生放养年代的那种精细化喂养方式，即连猪种也发生了改变，媒体曾经报道过最适合做川味回锅肉的成华猪濒临灭绝的消息即是明证。换言之，不能怪现在的肉没有“肉味”，只能怪现在的“肉”早已不是以前的那个“肉”了——庶几算是给我当年老板的哀怨添上了理论注脚。

在著名的网络问答社区知乎网，两派已经就这一问题争论了好几年，双方各抒己见，吵得不亦乐乎，结果是谁也说服不了谁。

从常识出发，我认同心理学家的判断。现今调味料之丰富，一般人的味蕾根本无以感知个中细微差别，所谓的“肉味”更多的是一种怀旧情怀在作祟。但当我某一天尝到从江小香猪时，这个坚定的信念便渐渐有了坍塌的迹象。

是在体育中心的某家店，店名就打着香猪的招牌，选贵州从江小香猪，猪身矮小，通体乌黑，重不过三四十斤，现宰放血，骨煨底汤，肉切薄片，涮而食之，“肉味”浓郁，正是小时候的那个味儿。

我后来细想了下，这个其实也可以用烹饪大师们的那一套理论来解释：改革开放以来，经济腾飞，国人对肉食的需求直线上升，以往传统的养殖方式根本无法满足这样旺盛的需求，现代化的规模养殖业勃兴，以杜洛克为代表的生长周期短、增重性能高的外来瘦肉型猪种迅速替代了原有的各地传统猪种，从江地处黔东南高寒山区，经济落后，资讯也相对闭塞，没有赶上这波儿“创富”浪潮，等反应过来的时候，人们早被口感单一的现代商品猪种倒足了胃口，这养在深闺人未识的从江香猪便成了市场的宠儿，身价倍增起来——就以我吃到的那份为例，肉片不过一斤上下，售价却近百元，也是有土豪请客，换自己，是断然不敢点的。

这又带来另一个问题——跟杜洛克等现代商品猪相比，从江香猪的缺陷显而易见，生长周期长，出肉率低，其独有的生活习性也难以规模化养殖，成本自然就上去了——是日日有口感单一的现代商品猪肉吃，还是省吃俭用三两个月吃一口有“肉味”的从江香猪，两相对比，你选择哪样？

甲鱼引发的回忆

清明返乡扫墓，有个早年间离乡的远亲也回乡祭扫先人，饭桌上的菜肴便顺理成章的丰盛，除了惯常的鸡鸭鱼肉之外，就连甲鱼也成了一日三餐的寻常菜肴。

于是，饭桌上的话题除了寻常的邻里家常之外，又由甲鱼引发了一场事关时代变迁的私人回忆：吾乡地处洞庭湖平原边陲，港渠沟汊遍布其间，水产自是丰饶，幼时夏夜屋外歇凉便听长辈说起一些近乎天方夜谭的往事。譬如早年间乡下犁田往往要先撒上一些生石灰（据说是为了中和土壤中的酸性，且有杀虫之功效），穴居于田间的水族不堪其扰，纷纷出洞，有好吃鬼拎个水桶出门，不消片刻便能捡拾半桶鳝鱼、泥鳅。再譬如热天夜半时，水中的甲鱼上岸避暑，往往让同在歇凉的农人逮个正着，至于田畔沟渠间因水涨水退而拾得各色鱼类的事则成无日无之的寻常故事了……

但早年间，除了正常的有鳞鱼类，农人对鳝鱼、泥鳅等无鳞种属并不大感冒，甲鱼也同样遭到冷遇，想来与这些东西收拾起来太过麻烦且一般乡间庸厨难以操办入馔不无关系。也不知从哪一天起，这些水产品突然就身价倍增起来，尤其是甲鱼，自马俊仁带着他的马家军在国际田坛上狂飙突进又突然在电视上声嘶力竭地喊道“我们常喝××牌中华鳖精”之后，“王八”这一以往用来骂人的脏词儿突然就变得“高大上”起来，其行情也是日日看涨，非大富大贵者不敢轻易采办。电影《没事偷着乐》里，云芳生孩子后没有奶水，大民一咬牙买了只王八，准备剁碎了给云芳补身子，声音把二民吵醒，二民不乐意了：“不就杀只王八吗？至于那么大力吗？知道的是在剁王八，不知道的还以为在剁谁呢！”这个情节深刻反映了下岗工人的无奈，一只王八费去半月薪水，张大民再怎么贫嘴也乐呵不起来，只得将一腔愤懑都倾注在这只可怜的王八身上。与王八有关的传奇故事也长久地留存于乡邻间的闲谈之中：

邻村某人，上街赶集路上，于河边拾得晒太阳的王八一只，重三斤许，集上摆摊叫卖，因是野生，竞价者众，最终以一千四百余元成交。这位也不含糊，转身就拿着钱在集上扛了台彩电回家。此即为“王八换彩电”的传奇。

县水利局长某，嗜食王八，某日下乡检查工作，部属簇拥去餐馆用餐，王八自是必不可少的主角。待得王八上桌，众人欲大快朵颐时，局长却叫且慢，但见其持筷在硕大的砂锅中扒拉片刻，便大呼这是家黑店，原来此行共点了三只王八，局长却只在锅中发现7只腿……此为“局长慧眼识奸商”的故事。

……

当然，这些传奇注定只能在王八风头无两的那些年里出现。不过数年，受巨大利益的驱使，王八养殖业如雨后春笋般在乡间的港渠沟汊间大行其道（邻县因规模化养殖，甚至一度获得“中华甲鱼之乡”的美誉），按经济学上的供求规律，凡物多价必贱，王八也便风光不再，不再是豪富之家的专享品，平凡如我等也能在招待亲朋时大方地来上一份。

不过，这样平民化的王八都是人工养殖的，纯野生的仍然要价不菲——但衡以现时的收入水准，比之于十几二十年前的价格，已然不是一个等量级——按理说，都是一样的物种，放养和圈养的口味差别真就那么显著？据说野生的王八炖出来的汤汁浓酽黏嘴，早年间有无良厨师以养殖王八代替野生王八，炖时打入两个荷包蛋，出锅时捞起，汤汁便如野生王八一般浓酽黏嘴，我却总以为这是餐饮从业人士故作神秘。

就譬如现在，两只养殖的王八，按吾乡惯有的做法，宰杀后以开水烫去老皮，洗净后斩切大块，过油爆炒后与腊肉同炖，上桌时下燃篝火，时辰愈久，汤汁愈是浓酽黏嘴……乡邻口中的传奇往事如烟雾一般湮灭在时光深处，筷子上夹着的王八肉块鲜辣滚烫，冒着实实在在的人间烟火气，将之送入口中撕咬吮吸，腹腔深处的满足感缓缓地浮了上来。

正考鲊辣椒

五六年前，我们一帮后学拥到历史学者王纪卿老师家打边炉。饭后王老师聊起他在桃源下乡时的种种，我冷不丁地问了一句：在桃源可曾吃过鲊辣椒?

当然，这个问题问得十分没水准，既是在桃源下乡，又怎会没吃过地道的常德地方美食鲊辣椒呢？果不其然，王老师不但吃过，还即兴给我们讲了这样一个真假难辨的段子：

说是有一知青新到，老乡好心，送了些鲊辣椒以尽地主之谊。城里来的嘛，爱卫生，将其拿到河边淘洗干净，结果当然是淘洗了个一干二净。

当然，有些人可能不理解这个段子是啥意思，这得从鲊辣椒这道菜肴的制作方法说起。鲊辣椒是常德的一道家常特产美食，其做法乃采用秋后的红辣椒剁碎，拌以石磨磨好的米粉，而后封坛发酵始成。

既是米粉拌的，再经水洗，自然米粉全部付之东流，只剩一些辣椒皮子在竹篮内花枝招展着……

鲊辣椒的写法一直存有争议。以前是写作酢辣子的，汪曾祺在《人间草木》一书里介绍昆明的茄子酢，就顺带提到了湖南的鲊辣椒，不过却是写成“酢辣子”，还考证“酢”字从酉，与酒相关，吃起来带酒香。其实大谬，鲊辣椒虽经发酵，吃起来有酸味，但绝算不上酒香，且《释名》尝载：“鲊，菹也。以盐米酿之如菹，熟而食之也。”其清楚明白说“鲊”是一种处理食物的方式，且偏旁里还有个“鱼”字，恰好与鲊辣椒常见的烹饪方式相吻合（这点后面会谈到）。

犹记幼时在家，或因经济窘迫，或因懒得采买，用清油焙过的鲊辣椒即是最好的下饭菜，但有一条，向不待客。若有客人，饭桌上端出了鲊辣椒可是会让人笑话的。

当然，若有鱼鲜，则是另一番景象。老家地处洞庭湖西滨，水产丰富，有一种当地唤为“土哑巴”的野鱼，长不过数寸，通体土褐，又无细刺，拿来和鲊辣椒一起熬成糊状，至今思之犹难忘怀。

其做法亦不难，“土哑巴”宰杀洗净，略微油煎，姜蒜作料兑汤，放入适量鲊辣椒，锅铲不停搅动，使之成糊，成菜后撒葱花增香，不用说了，饭是要多吃两碗的。

吾报摄影记者汪小胖，某日随众到我蜗居的地方打牙祭。饭后闲谈，在夸耀了一番我的厨艺后问我，可会做老家的“鲊辣椒糊糊儿（前一个字重读，后两个字连读）”，我答：“当然会做，只不过，材料何处去找？”

故乡现已很少做鲊辣椒的人家了，集市上的蔬菜品种大大丰富，乡民也多少有些余钱，这劳心又费力且只在苦寒年代用以佐餐的廉价吃食渐已退出历史舞台。尤为重要的是，水质的恶化让“土哑巴”也无藏身之处，其怕是早已绝迹。

要再想重温旧时的“鲊辣椒糊糊儿”又谈何容易？

远离故土已殊为不易，即便有能聊慰乡愁的味蕾也找不到可供凭吊的目标。一股巨大的悲怆突然毫无理由地向我袭来。

Part 8 在乡间找寻至味

肥肠这玩意儿个性十足，好吃还是难吃，它都懒得分辨，世界那么大，总有懂它的人。

食有驴

时序已交立冬，刚晴没几日的天空又飘洒下几丝薄雨，风吹过，阴冷潮湿仿佛能浸入骨髓，整个人都感觉不好起来。

这样的日子，宜宅，宜发呆，宜回首往事，忌交游，忌宴饮，忌一切出门……可电话却不打招呼地响了起来，是都市山寨的老赵约我吃饭。坦白说，这电话我接得有些忐忑，老赵是老友不假，他那儿的饭菜也算可口，尤其是人家开饭店的，约吃饭也不用我买单，可这大冷天的让我出门着实有些下不了决心。

电话那头的老赵可能听出了我的犹豫，直接祭出“撒手锏”：“别磨蹭了，我这儿有现杀的活驴，砂锅小火煨着，这天气口，来块儿热乎乎的驴肉……”话说到这个份儿上，再矜持就装过头了，当下就挂掉电话，打车前去——老友就是老友，知道我吃货本色，美食当前，刀山火海也是敢闯的，遑论这些许寒风冷雨？

驴肉好吃，有句俗话就叫“天上的龙肉，地上的驴肉”，龙是传说中的动物，其滋味若何没人知道——尽管《清稗类钞》里有“沈菱谿食龙肝”的故事，大抵“小说家言”，当不得真——但驴肉却在各地特色美食中扮演着极其重要的角色。河北冀州的曹记驴肉，山东宁津的保店驴肉，蓬莱的汤驴肉，陕西凤翔的腊驴肉之类，任一样拿出来，都是有资格在《舌尖上的中国》里出镜的。

只不过，这些驴肉大多采卤酱法烹制，酱香浓郁，宜饭宜酒，唯一缺陷是少了些热腾腾的“镬气”，在取暖设备不甚发达的南方，冬日进食总归有些苦寒。相形之下，我更喜欢乡下老家以砂锅红煨之法来烹制驴肉。

当然，老家的驴肉是没办法上《舌尖上的中国》的，因为鄙乡本不产驴，偶见条吧，也大多役使生产——过去乡下机械不甚发达，一头驴能顶好几个劳动力——断不会杀而吃肉，以餍口腹，必等至老病之年，这才依依不舍地牵至屠家，换取几个散碎银子。屠户宰杀后也会摆上市集，售价往往较猪肉为廉，难见荤腥的乡民购之治净，加生姜大料，大锅烹煮之，再改砂锅小火慢煨，冬日吃来，暖意融融，端的是消寒良药。

老赵湖北监利人士，与我老家相去不远，餐饮之风尚也颇为相契，自然也明了这砂锅驴肉的妙处，是故电话里一说，我就明白是甚好玩意儿。

落座闲絮不提，驴肉已煨上，下燃篝火，咕噜噜地冒着泡儿，夹一块儿，肉质致密，色泽红润，入口鲜辣滚烫，只这一筷子，便不能停下，一口又一口，额头上不一小会儿便冒出细密的汗珠，这才放下筷子，先脱去外套，再放缓节奏，边吃边与老赵扯起跟驴肉有关的种种来。

驴肉好吃，首要是要现杀。《阅微草堂笔记》里有个名叫许方的屠户，其屠驴先将驴固定好，“有买肉者，随所买多少，以壶注沸汤沃驴身，使毛脱肉熟，乃刳而取之”。据说这样才能最大限度地保持驴肉的鲜美，而驴则要“越一两日，肉尽乃死……”只是这样太过残暴，鲁迅骂这是“无聊的残虐”。

当然，现时是文明世界，那样“无聊的残虐”即使再过美味也不值得追求。唯一能做到的是，尽量将活驴从宰杀到入馔的时间缩短，以确保最为鲜美的口感。

老赵这里庶几可算合格，这边厢活驴宰杀放血，治净后斩切大块，那边厢篝火已经生起，然后按肥瘦、易烂不易烂三层排入大锅，底垫驴骨，上盖驴头，加清水煮沸，而后去水，再重新注入清水，下大料和适量的盐，煮至八成熟捞出，改切小块，油爆后加入原汤焖煮之，上桌时以白萝卜片打底，小火慢煨，越煮越入味，不愧是驴肉，那饱吸汤汁的萝卜也额外鲜美。

至味在乡野

从某种程度而言，我并不是一名合格的美食记者，因为我缺少职业食客那种“敢为天下先”的尝试精神，固执地认为烹饪是一门精细的艺术，必须经过无数次煎炒烹炸的基础训练方能成就完美的味觉体验。

也正因此，我对所有新奇的食物都持敬而远之的态度，一句“奇技淫巧”足以涵括，好比武术，真正的练家子都是一刀一枪拼出来的，你花拳绣腿舞得再好看，上场也只有被迅速撂倒的命运。所以，我心目中好吃的标准并不以价格或者食材的新奇程度来排定，倘能将一盘辣椒炒肉炒出应有的水准来，得分恐怕也要比奢华的燕翅鲍高出不少。因为辣椒炒肉自存在的那天起，几乎每个厨师就都炒过，他们临战经验丰富，是真正的练家子；而燕翅鲍因为价高量少，不是每个厨师都有机会操持，并在这操持中提升水准，庶几有“花拳绣腿”之嫌。

1949年以来，中国人的美食追求经历了两个极端。前三十年大伙儿都穷，要吃没吃，要穿没穿，梦里都是红烧肉晃动的油光；后三十年，经济飞速发展，腰包鼓了，在经过初始阶段的胡吃海塞，基本肉欲得以满足后，便转而追求起前文所说的“奇技淫巧”来，夫子谓“食不厌精脍不厌细”在当下终于得到了传承。

当然，这传承并不牢靠，虽然“食不厌精，脍不厌细”者仍大有人在，但更多的人在饱尝各类新奇独特的食物之后，转而又将目光瞄向了朴素的乡土菜肴，城里那些以地域命名的土菜馆也应运而生，雨后春笋般一家又一家地开。

这情形颇有些类似穷措大（穷书生——编者注）一夜暴富，狂嫖滥赌之后，顿觉人生无趣，修为又不够，无法彻底了断红尘，转而忆起糟糠之妻的恩情和昔日邻里之间的浓浓乡情，当然，更重要的是，厨房土灶上的那锅辣椒炒肉飘散出的香味实在是让人欲罢不能。

作为一枚纯正的草根，我的美食追求之路没有经历过从奢华到乡土的回归，除了蹭饭局时偶尝奢华之外，大多数时间我都是乡土菜肴的忠实拥趸。虽然大多数人将之归于经济原因，但我并不认同，一直觉得这是个人独有的品位和节操所在。

好比我经常带朋友去的伤科医院对面小巷深处的那家名为“乡里饭菜”的小店，虽然屡次被朋友评为档次不高，但我仍乐此不疲地一次次呼朋引伴前去饭醉。当然，我也认可朋友的论断，譬如位置太偏，包厢太小，装修不够雅致等缺点显而易见，但作为一枚草根，在口味和档次之间，我是坚决选择前者的，尤其是这里的价格也亲民得紧——你又不是高富帅，还能找到更好的去处吗？

上个星期，有友自成都来，呼朋引伴之下，再次杀到此处。这里的招牌菜是猪头，先卤后蒸再焖，而后以干锅形式端上，冬天吃来特别过瘾。店主告诉我，入夏天热，招牌猪头业已改良，不再热气腾腾上桌，同样先卤后蒸再焖，晾凉后伴以蘸汁上桌，庶几近似凉菜。又逢其店新推“时蔬节”，丝瓜、茄子、苦瓜、豆角、黄瓜……皆本地土产，从农家菜园直供饭店，少去诸多流通环节，一律只卖9元/份，带动人气的同时也不至于亏本，赶巧此行朋党间女士居多，为她们身材计，干脆一样来一份，也能省下我不少菜金。

等菜上桌，他菜暂且不论，只说这一道道本地菜蔬，都是极简便的炒法，无非热油猛火，蒜子爆香，而后下菜蔬翻炒至熟，撒盐和鸡精调味即可，却香气扑鼻，入口还略有丝回甘，是真正的田间生长的气息，恍惚旧时暑期赤脚站在田垄上，田野间凉爽而微带草腥味的风猛烈地灌进你全身上下的每个毛孔。

却说那日饭间有位我向有好感的女士，平时一直嚷嚷着要减肥的她，全不顾往日许下的毒誓，只一次次将筷子在饭碗和口腔之间来回，末了一脸潮红，欲言又止地望向正坐进门处的我。

我以为有戏，正绞尽脑汁想要如何接上她的话茬儿，却听那端一个娇滴滴的声音嘤咛道：“服务员，再上点米饭咯！”

尾大不掉

吾乡俗语，谓考试倒数第一者为“抓了猪尾巴”。犹记幼时在家，宰年猪时，大人往往拿一条割下的猪尾巴逗小孩儿，“这个给你好不好？等考试的时候，抓个猪尾巴回来”。小孩自然是避之唯恐不及，都晓得“抓了猪尾巴”不是件光彩的事。

现在想来，这说辞也许是大人贪图猪尾好吃而故意编排出来骗我们的。同样的说法还有“吃了鱼子不认得秤”或者“吃了鸡爪写的字潦草”之类。

没错，跟鱼子和鸡爪一样，猪尾巴也承担了这一唬人的功用，在好吃的道路上给好吃的孩童设下重重障碍，然后成了自私的大人们专属的美味。

我在《有一腿》中说过，“凡属美食，腿总是最好吃的部位，盖因其经常保持运动状态”。将此说法移植到尾部也未尝不可，猪尾同是活动较多的部位之一，其美味自然也可想而知。

大约五年前，我在长沙上班，常在伍家岭一带出没，立交桥底下有家破烂的小饭馆，常可见周边停满豪车，其主打菜便是卤制后的猪尾切段与生辣椒同拌，既香且辣，尝之不忍停箸，佐酒下饭皆宜。

跟猪尾相比，牛尾动得更为频密，动的范围也更广，自然，肉质也更为鲜嫩。至今，牛尾仍是西点中汤菜不可或缺的原料之一。食家唐鲁孙在《中国吃》一书里回忆老上海一家名为黄灯泡的小馆子，就特意提到其地的牛尾汤，“汁浓味醇，牛尾酥而且烂”。

尾巴好吃，假其名者也不少。幼时乡间宴席有一道名唤“绵羊尾”的甜点，现在已不再见，只记得极甜、极腻，除此别无印象。而后看汪曾祺《旅食小品》一书，里面提到他曾在内蒙古的四子王旗吃到一味“拔丝羊尾”，“外面有一层薄薄的脆壳，咬破了，里面好像什么也没有，一包清水，羊尾油已经化了”书中他进一步发挥道：“这东西只宜供佛，人不能吃，因为太好吃了！”

汪老的话是否夸张且不去论，倒与幼时记忆中的宴席甜点“绵羊尾”不谋而合，吾乡所谓的“绵羊尾”是否就是汪老笔下的“拔丝羊尾”呢?

直到最近我才弄明白，翻检书桌上的饮食文献，偶见湘菜大师石荫祥老先生谈及湘菜甜点时，曾着重介绍了“拔丝枣泥羊尾”一菜，即以肥膘肉加枣泥，外裹面粉，下猪油中炸透后上桌。其菜香甜酥软，形似羊尾，因而得名。

如是说来，幼时吾乡宴席上的“绵羊尾”即是石荫祥老先生谓之“拔丝枣泥羊尾”的简化版，枣泥自然是没有的，不过肥膘肉加白糖，如此才给我留下极甜、极腻的不佳印象。自然，汪曾祺笔下那合该“供佛”的“拔丝羊尾”，也是渊源于此了。

有个性的肥肠

很多时候，我评判一个人是否是纯正吃货的标准很简单：让店家上一份肥肠，红烧也好，爆炒也罢，干锅亦可，如果来人目露凶光，频频举筷与我抢食，不消说，自是我道中人；反之，若是面露难色，甚或碍于情面勉强下咽，则“非我族类，其心必异”，连肥肠都不肯吃，又如何敢大言不惭自诩为“吃货”一族？

肥肠好吃，有例可证。旧时乡间的屠户，走街串巷替乡亲们杀猪，辛苦忙活半天，一分钱也不要，只要一副大肠以为酬劳——屠户一年杀猪无数，自然知道什么东西最好吃——《儒林外史》里的范进中举后，那个“杀千刀”的老丈人胡屠户立马就拎了副大肠上门，只是书中没提，那副肥肠到底是如何侍弄的。

跟很多食材相比，肥肠算是相当有个性的一款食材，不少人总是对它敬而远之，更何况，油腻、胆固醇高等与现代健康饮食背道而驰的缺点也在它身上体现得淋漓尽致。

不过，也正因此，真正的吃货才将其视为无上的美味，南厨大师欧锦和先生曾有名言曰，肥肠是否好吃主要看店家有没有水龙头——因为，这玩意儿洗太干净就没味了。虽然有些夸张，但也有一定道理，真要是洗得全无那味儿，那还能叫肥肠？不如买块橡胶来食！

但也不可因噎废食，随意漂洗下就下锅，那可真正是唐突了。正确处理方式是用碱水反复搓洗，也有用盐和面粉的，尤其是内壁那层肠油，必须得撕干净。当然，现代人难得有这样的耐心，也可以学我偷懒，碱水搓洗是必需的，三两次即可，而后烧一锅开水，下些姜片和料酒，肥肠翻转过来，入水氽过一遍，拿出用手那么一捋，肠油尽去，那味儿也十去七八，然后煎炒烹炸，就随君自便了。

肥肠入馔，一般先要卤制入味，也只有入卤锅才能催发出肥肠那醇厚浓郁的口感，有老卤自然最好，平常家用的话，大料多放总不会错。省城长沙有家肠子馆，主打干锅肥肠，极破的门脸，生意奇好，常有吃货们开车穿越大半个长沙城前来饕餮，秘诀就是那锅卤水有了年头，卤出的肥肠卤香浓郁，入嘴肥而不腻，软烂适口而又不失其韧劲。

当然，真正把肥肠做到极致的还是鲁菜中的名菜“九转大肠”，它曾经上过国宴菜单的。其做法繁复无比——与仙家炼制“九转还魂丹”差相仿佛，得名也因之而来——行家讲究一焯、二煮、三炸、四烧，总工序有二三十道。曾在济南吃过一次，从下单到上菜，足足等了近两个小时，成菜金黄，盘若虬龙，入嘴先是酥脆，继而软糯，卤香满满，又带甜酸，肥肠独有的那股臭香味儿亦隐匿其中，那一口下肚，舟车劳顿也就视如浮云了。

所以说，肥肠这玩意儿个性十足，你说它出身腌臜吧，人打扮打扮就能上国宴菜单；你要说它命中主贵吧，大多数的食客闻到那股味儿就掩鼻而逃，整个儿一不受待见的主儿。可肥肠仍是肥肠，好吃还是难吃，它都懒得分辨，世界那么大，总有懂它的人。

“血淋淋”的吃货人生

香港亚视拍的电视剧《我和僵尸有个约会》里有这样一个情节：被僵尸咬过的况复生六十多岁了还长着一副儿童的面孔，每每跟小区的老伯下象棋，总是杀得对方片甲不留。有次老伯问他，小朋友，你这么聪明平常都吃什么啊？小复生调皮地一笑，大声道句“猪红”便跑开，独留老伯摸着后脑勺作恍然大悟状。

当然，以上只是电视剧中的桥段，但艺术总是来源于生活的。剧中所称“猪红”便是猪血，粤港一带俗称猪红，街巷间常有“走鬼”推着小车售卖，民间向有猪红益智的说法，亦常见靓女于尘土飞扬中手捧一次性塑料碗当街大啖，端的是性感得紧。

有句成语叫“茹毛饮血”，原是形容未开化的野蛮人种的生活方式，意其落后，不能与文明世界接轨。但将其移植到中国人身上，却全然行不通。时至今日，昂贵的皮草仍是高收入人群的心头之好，升斗小民自是不敢染指。而血，则在好吃且会吃的中国人嘴里，成了念兹在兹的各类地方特色美食。

即以猪红为例。川菜“毛血旺”早已走出国门，在世界各地皆有忠实拥趸；东北人把猪血灌进大肠，制成血肠，在此基础上形成名菜“血肠汆白肉”，不知勾起多少在外东北游子的乡思；湖南邵阳有道猪血丸子，乃是将猪血、肉末、鸡蛋、豆腐等揉捏成团，再熏干始成，不少外出讨生活的邵阳人春节后再度启程，行囊中总少不了这一味。

若将范围扩大，跳出猪身这一既定窠臼，与血相关的地方美食就更多了。南京的鸭血粉丝汤举国闻名；湖南各地皆有血鸭，乃是将鸭肉剁成小块，猛火热油炒之，鸭血是必不可少的辅料；湘西凤凰有菜名曰“血粑鸭”，其地宰鸭时将鸭血放入预先浸泡好的上等糯米中，待凝固后蒸熟，而后切块油煎，放入烹好的鸭肉之中，香浓糯软，凡去凤凰旅游的人都会找来一尝；广东台山有道黄鳝饭，有类流行全国的煲仔饭，懂吃的人会嘱咐服务生在端饭上桌时将新鲜的鳝鱼血淋在饭上熏熟，那样吃起来才够香够味；株洲本地有家菜根谭，店不大，生意却奇好，主推茶陵黄焖狗肉，老板告诉我，狗肉味美，要诀在于炒制的过程中须淋入狗血，如此方有令人销魂的口感。

以上都是较为斯文的吃法，豪放的吃法在云南。我听一个客居昆明的兄弟说起，在云南元阳，当地傣族迎客时有一道名菜叫“辣血旺”，做法很简单，将新鲜辣椒剁碎盛在盆中，杀猪时将盆放到猪脖子下，喷上满满一盆猪血后下作料不停搅拌，待凝结之后便可上桌待客，非贵客临门还无以享受此礼遇。尤为值得一提的是，由于此菜是生食，吃的人嘴里经常溢出血来，与电影中吸血鬼的猎食景象无二，因此，一般人并无胆量尝试。

我听电话那头的兄弟侃侃而谈，口水从嘴角汩汩而下，眼前幻化出美剧《真爱如血》中的画面，脑子里条件反射般想到鲁迅的那句名言：

真的猛士，敢于直面惨淡的人生，敢于正视淋漓的鲜血。

龟虽寿

幼读曹操《步出夏门行》，怎么也无法理解“神龟虽寿，犹有竟时。螣蛇乘雾，终为土灰”的那种人生幻灭感。也难怪，十来岁的毛头小子，又如何能理解老之将至的那种无能为力，倒是我仰头问监督我背诗的老娘那句“乌龟好吃不”改变了我的人生走向。也许，就是从那时候开始，我娘断了打算将儿子培养成文化人的念想。

但是，我娘并没给我准确的回答，因为她也没吃过——尽管吾乡地处洞庭湖西滨，龟鳖遍地——她年轻时吃过不少鳖，那都是苦难年月里的充饥之物，亦无甚说道之处。龟却从未吃过，这是因为：相比于王八，龟的膻味更重，乡间无以师承的厨子往往难以去除；再有龟是传说中的神兽之一种，神秘主义色彩颇为浓郁，迷信的乡人多少有些敬畏之心。等到接受唯物主义教育长大的这批人当家做主，又赶上了马家军在电视上声嘶力竭地喊“我们常喝××牌中华鳖精”的时代，这玩意儿一夜间身价倍增，再不是田间地头唾手可得的寻常食材，偶尔渔猎有获，也是第一时间送去集市换钱贴补家用，寻常人家的餐桌上更是难以再寻到踪影。

这情形直到我去广州工作之后才有所改观。民间谓“吃在广州”，这话着实不假，什么新奇古怪的食材到了广州人手里都能折腾出花样百出的精美菜肴来，龟自然也不例外。民国诗人寒云的《武越招饮与言粤中珍味》中即有“清鲜推树龙，淳美思山瑞”句（树龙是蛇，山瑞即山龟），可见粤人对龟馔之尊崇——其实，何止拿来入馔，做成甜品也是可能的，现今红遍大江南北的龟苓膏即以土茯苓配上鲜龟，耐火熬成胶汁，和入少许米浆始成，据说有祛湿解毒之奇效，为炎炎夏日不可或缺的解暑妙品——广州人好煲汤，又遇上大补的龟，入馔也多为煲汤之用，间以各色功效不一的中草药材，虽有滋补之功效，但在如我一样重口味的湖南人看来，终归是太过寡淡，远不如切块红烧来得爽利带劲，只是独在异乡，身似飘絮，命如转蓬，来去都不由自主，偶有的几次龟宴，也只能客随主便，捧着一碗略带中药味儿的龟汤浅浅地啜饮。

再后来，我回了湖南，又误打误撞地干上了美食记者的营生，蹭饭局无数，一些以往闻所未闻的菜肴也悉数纳入口腹之中，唯独却不见乌龟的身影——想来，株洲厨子对乌龟的烹饪手法还有待开发——所以，那天老郭打电话过来，说是要请我吃乌龟的时候，我几乎是毫不犹豫就答应了，全不顾三伏天那毒辣的阳光能把人都烤化。

去的是江南商城靠平和堂停车场边上的楚云酒楼，熟谙株洲餐饮掌故的老郭告诉我，该店早些年唤作楚云龟蛇酒楼，以龟蛇为主打，这在合泰地区几乎尽人皆知，因店名与林业管理部门的某些规定相抵牾，不得已而更现名、迁现址，但食髓知味的饕餮客都晓得，这里仍以龟蛇为主打。

既是请我，点菜自然由我做主，龟是必点，且须红烧——尽管此地也有大为滋补的煲汤之法，我却视若不见，落座即吩咐店家来份红烧龟肉，“口味重点”——余菜不提，当以“杀人要见血”为要。

约莫过了半小时，别的菜都上齐了，主打的红烧龟肉才姗姗来迟——龟肉肉质紧韧，结缔组织多，必须煨足火候才能入味——一个巨大的粗瓷瓦钵，下燃篝火，颇类常德钵子菜的搞法，唤过店家，烹饪方式也与吾乡做钵子水鱼时无二，大抵切块汆水，热油炒过，下姜蒜料酒及各式调料去腥，再加高汤煨足火候。尤需注意的是，肚肠下水也不可弃，治净同烹，更可保汤汁之鲜美醇厚。

至于味道嘛，也与钵子水鱼相类，只不过肉质更为紧实，且汤汁更为浓酽黏嘴，且比之于水鱼，其更有滋补之效。

Part 9 美食背后的忧伤

我现在很少像几年前那样频繁出现在夜宵排挡之上，我宁愿自己打包一份回家，然后在一通野蛮狂嚼之后，像馋嘴的小孩一样吮吸指缝间残存的汤汁，个人认为，这种吮指之欢，才是人和食物最亲密的赤裸相拥。

关于韩国汤饭的N个猜想

最近一段时间，我身边的不少朋友都推荐我去看《辩护人》这部电影，说是能从中找到转型期的现代中国的影子。

不得不承认，他们的推荐理由确乎有些道理，影片中那些熟悉的桥段与脚下这片土地上所发生的何其相似乃尔！但这些情感来得快也去得快，早过了热血冲动的年纪，生活还得按部就班，暗夜里喷薄而出的愤怒迟早都要湮灭在日复一日的柴米油盐中，就如在电影中贯穿始终的那碗猪肉汤饭。

猪肉汤饭是韩国釜山地区的特色美食，据说是饥馑年代里的发明，饭菜同烹，一碗下肚，既饱肚腹，又解馋瘾，端的是节约资源。与之类似的还有各大韩国料理店的石锅拌饭，也是饭菜同烹，极为节约资源。这猪肉汤饭仅在釜山知名，他处虽也有汤饭，却是以牛肉汤饭为主，做法乃是将牛骨汤熬至浓郁，下牛肉及各种食材，当然，米饭也必不可少，继续小火慢熬至你中有我、我中有你的化境乃成。唯独釜山，却将这汤饭中的牛肉换为了猪肉。猪肉土腥味重，汤饭又要求食材的新鲜，大多韩国人都不会拿它来制作汤饭，但釜山人会在汤里添加生拌韭菜和虾酱来去腥，同时又可以保持汤汁的鲜美。

细究起来，这也是窘困年代里的将就之举。釜山乃朝鲜半岛最大国际港口，因战略位置重要，朝鲜战争后一度被划为韩国的临时首都，许多避难者也背井离乡移居至此，舌尖上的乡愁难以割舍，牛肉太贵（韩国畜牧业发达，牛肉品质也不错，贸易保护主义也挺有市场，国外的牛肉难以进入韩国市场——卢武铉当政时曾一度放开，美国牛肉涌入韩国市场，韩国国内牛肉价格大跌，一度引发养殖户到总统府门外割指抗议的事件，再加上“疯牛病”一闹，这对外贸易的大门再度被关上——是故价格一直高企），等而下之的猪肉便成了替代品……

我甚至一度怀疑，这种饮食上的融合也有咱们中国人的一份功劳，因为，以猪肉作为汤饭的食材在中国以南地区相当普遍，譬如以美食著称的佛山顺德，其地向有在高汤中加入断生的米粒，煮至将熟再下新鲜的猪肉并猪杂而成的汤饭，起锅烫几颗青菜，滴几滴香油，再撒些胡椒粉，鲜香滚烫，冬日下肚尤为熨帖身心。当年我在深圳落难的时候，常踱至巷口那家顺德人开的排档打牙祭，一份不过数元，饱腹又解馋。

所不同的是，釜山的猪肉汤饭以汤汁浓稠为要，顺德的则以汤水清澈见底为上品。至于二者孰优孰劣，则全凭读者诸君的见仁见智了。

当然，还有一类汤饭则更为讲究。安徽巢湖著名的“瓦罐炖汤”（现在遍布全国的南昌瓦罐汤可以说都是它的简化版），土猪肉切大块，加水入陶罐密封，埋入灶坑的灰堆中，利用做饭后的余温煨熟，据说要煨足两天两夜，以将食材中的精华悉数逼入汤中。启盖汤清如水，肉在汤中载浮载沉，这会儿再倾入小半碗米饭，世上一切纷扰皆可视为浮云了。

就怕饭店有文化

中国人好攀比，总担心人家比自己强，车子、房子、收入、存款都要与人比较一番，在“吃”一道上，更是如此。

当然，在一定程度上，这也反映了时代的进步，不过几十年工夫，吃饭也从解决温饱需求上升到了文化的高度，君不见各大餐馆无不标榜自己的文化与传承吗?

我有一些附庸风雅的小资朋友，收入一般，见识却非凡，路边的大排档自然入不了他们的法眼，高档的海鲜酒楼也吃不起，反嘲笑那些日常出入此间的达人为冤大头，心甘情愿让人家宰。他们一般喜欢挑那种装修雅致、大众点评网上得分颇高的店子饭聚，津津乐道于此地独有的某种氛围，似乎每一筷子夹起的都是沉甸甸的文化，我只觉得累得慌，而且，菜品也十分一般。

当下，大家都在标榜自己有品位、有文化，为了迎合这一消费倾向，众多商家也拼命向文化这方面靠，稍上点档次的饭店，都在这方面做足文章，即便一道卤鸡爪，也能接驳上绵延数千年的中国饮食文化。

可他们都忘了最重要的一点，饭店卖的是菜——所谓的“色香味”是否协调——文化只是其间的点缀，过于追求文化而轻视菜品的可口，无疑有舍本逐末之嫌。本埠有家新开的饭店，装修极为奢华，菜品却十分一般，尤好投机取巧地玩些虚头巴脑的“文化”，譬如菜名起得“缠绵悱恻”，不端上来你都根本不知道是什么。

另外，各地极具代表性的地方特色美食也中了这个“文化”的毒，不说源远流长的饮食文化，起码有资格写在种种官方的旅游攻略上的，譬如我们都知道到西安得吃羊肉泡馍，到天津得吃狗不理包子，来到湖南呢？没得说，火宫殿的臭豆腐是一定要吃的。可事实却是：久负盛名的这些地方美食，在当地人眼里，却已不再具有绝对吸引力了。

这情形颇似武侠小说中的各大门派，祖师爷开宗立派积下万世基业，不肖子孙得其荫庇便不思进取，只终日人前夸耀祖上荣光；更有那欺世盗名之徒，扛着块真假莫辨的金字招牌，招摇撞骗于江湖，口头理论一套又一套，实战经历几乎一片空白，漫说扫地老僧这样的绝顶高手，就连令狐冲这样的野路子出生也一下能放倒一大片。

所以，我对那些时刻标榜自己文化传承的饭店总是敬而远之，它们总莫名地让我想起“正义凛然”的岳不群。当然，再想找风清扬那样的世外高人肯定不现实，我宁愿找一家最简单不过的小馆子来填饱肚子，不用很大，周边干净即可。尤为重要的是，店主肯用心做菜，潲水油自是不用，过于烦琐的烹饪手法也束之高阁，就像武侠小说里那些毫不起眼的路人甲，没有高超的武艺，自然也不会夸夸其谈自己有多厉害，相比于那些用“文化”来忽悠你的“大师”们，起码，这个态度让人敬重。

大小问题

闺密卡布，娄底涟源人，和朋友合资在白沙古井旁开了间私家菜馆。店不大，装修颇雅致，菜品跟周边饭店相比也无过多亮点，只有真正的老饕才知道，这里有几道典型的涟源土菜，制作颇见功力，是地道的乡土风味。

无独有偶，另一好友日前携妻从深圳回到株洲，在某高档小区租下一套民宅，也是要开私家菜馆——其妻在深圳一直从事酒店管理工作，手底厨艺也着实有两把刷子——据说每餐只预定一席，价格自然不菲，口味想来也不赖。

近几年来，中国的餐饮界似乎在向两个极端发展。一方面是稍有些能力的餐饮门店，盈利之后即忙着跑马圈地，扩大经营规模，分店、连锁忙得不亦乐乎，真恨不能搞成托拉斯来垄断全球的餐饮市场；另一方面则是类似前文提到的那些一头扎进私家菜馆空间里的“弄潮儿”，它们的普遍特点是店面小（有些甚至是私家住宅），菜品精致，当然，要价也不菲。

从某种程度而言，我更倾向于前者，大则意味着规模化生产，成本能控制得很好，价格有优势，而且，店能开这么大，厨房早就呈流水化作业，所有程序都一丝不苟，做出的饭菜也不至于难吃。

但是，仅仅是不至于难吃而已，若兜内有钱的话，我还是会选择去小而精致的私家菜馆，因为，美食不同于工艺品，是绝不能流水化作业的。

报人唐振常先生，也是美食大家，生前曾发宏论，说中国的饮食文化本质上是一种“地主”文化——还属于小农经济的范畴。因为烹饪一道过于依赖厨师的个人风格甚至个人心情，所以无法形成资本主义的“集约化经营”，只好拼命去钻“精致”的牛角尖了。

信夫？台湾美食大家唐鲁孙先生，皇亲贵胄之后，足迹遍布五湖四海，在他笔下，各类地方特色美食次第出现，引人垂涎无数，其中虽不乏各类名店大店推荐，但更多则是对散落于民间的小摊小点的无限怀念，当然，对那些做得一手好菜的名厨更是不吝笔墨去描摹其高超的技艺，譬如那些达官贵人家里的家厨。

家厨制度与现今的私房菜馆有些类似（只不过一个是主人请客，另一个是顾客预订点餐），盛行于明清，那时政治高压，社会精英人群仕途无望，只得相互攀比自家厨子的手艺，隔三岔五即呼朋引伴前来饕餮，这种带点“擂台赛”性质的厨艺大比拼，不但将中国饮食文化推向一个全新的高度，还留传下诸多名菜。这些菜品无一例外制作烦琐，且对刀工、火候、原材料都有极为严苛的标准，一旦付诸流水线生产，可还有半点“精致”之所在？

当然，大也并非一无是处，除了前文提到的那些“不至于难吃”之类的优点之外，有些菜品还就得大店才能做出那个味道。譬如红烧猪脚之类的炖煮类食品，要大锅炖才能入味，分量少了，味儿还出不来。

吮指之欢

四年前的某个秋日，广州淘金路上的某个西北风味餐馆，一次寻常的网友聚会，不寻常的是席上有一份羊肉抓饭，一干衣冠楚楚的男女正要以小勺舀到碗中分而食之时，一原籍新疆的哥们儿突然叫停，率先用桌上的温毛巾擦净双手，而后伸手在盆里抓起一把：“手抓饭，得这样吃才香！”众人有样学样，一顿饭吃得奇嗨无比，即便手抓饭的鲜美在四年之后的回忆中荡然无存，但始终记得手抓饭在手掌间留下的温热与油腻并存的手感。

岂止手抓饭，很多食物都得用手抓着吃才能完整地催发出食物本有的极致口感。在筷子刀叉发明之前，先民都是用手抓取食物的，我们所有人，在学会正确使用餐具之前，无不以双手当作进食的工具。在进食的过程中，手以及触觉往往起到了十分重要的审美作用。以手抓饭为例，若以小勺舀到碗中，再一勺一勺小心地送入口中，可还有半点西北壮汉的粗犷之情？就好像梁山好汉大快朵颐时以奶瓶饮酒，围观者多半也要骂出一句“娘炮”来以示鄙夷。

面对手抓饭时，多能顺应历史传统，以五爪金龙与美食来一次完美的亲密接触。但是，更多的美食，却因为一层薄薄的塑料膜的阻挡，失去了这种独特的美学享受。

十多年前，口味虾刚流行的时候，价格还没有现在这么高，做法也没这么五花八门，当然，最重要的是，那会儿不时兴塑料手套，一盘油汪水亮的口味虾上桌，人人伸手自取自剥自食，个个一手油腻，事后若不用香皂洗手的话，虾香味可在手指头留存数天不散，当然，这也与那时的虾子都是纯野生的有关。

也不知从哪一天开始，塑料手套突然就从医院流行到餐桌之上，即便狭小破败的苍蝇馆子，在呈上一盘须手持方能入口的菜肴时，总会附赠若干薄薄的塑料手套。于是，我们在餐桌上常常看到这样一番景象：不论男女都跟外科大夫似的套着塑料手套，小心翼翼地自盘中拈起一块食物，慢条斯理地细嚼慢咽，然后摘下手套，整个手掌干干净净，全无半点作案痕迹之所在，实在是遗憾得紧。

所以，我现在很少像几年前那样频繁出现在夜宵排挡之上，一个原因是为日渐挺拔的肚皮烦忧，另个原因嘛，我总觉得在一帮疑似外科大夫中间以光秃秃的手指拈取小龙虾实在是有些另类和野蛮。

我宁愿自己打包一份回家，然后在一通野蛮狂嚼之后，像馋嘴的小孩一样吮吸指缝间残存的汤汁，个人认为，这种吮指之欢，才是人和食物最亲密的赤裸相拥。

给快餐食品点个赞

家门口新开了家肯德基连锁餐厅。因着离家近，兼且饮食毫无规律可言，这地儿又不分白天黑夜地开门迎客，一星期我总要去个三两回，几有将其当为食堂的趋势。

惯例是一份辣鸡腿堡套餐：一个香辣鸡腿堡，两块儿香辣鸡翅，再加一杯中号可乐，所费亦不多，早阵子还只要十多元钱，现在涨了，但也不过二十余元，在物价频涨的当下，这样的上涨幅度实在称得上是“业界良心”了。

当然，味道也算不上多么可口，但一口咬去，生鲜滚烫的肉汁合着爽脆的生菜在口腔里迸开来，还是颇为解馋的，对一个早已饥肠辘辘的饿鬼来说，此刻便是难得的享受。尤为重要的是，别看这些东西个头不是很魁梧，但热量够高，能很快就饱，而且抗饿，总是能支撑到你的下一顿正餐来临之前。

我知道，作为一名还算敬业的美食记者，在写下上述文字的同时，读者诸君一定会鄙夷地吐出“胡闹”两个字——在大多数人的印象中，快餐食品实在难以与“美食”二字沾上边。

但是，在二十多年前，事情并不是这样的。1987年，北京前门第一家肯德基直营店开业的时候，店外就排起长龙，甚至有人将婚礼也放在此处办，视之为面子所在，即便到了世纪之交的2001年，这一景观于我而言仍无丝毫改观。彼时我在邻镇的某家高中就读，活动范围不超过校园周边一公里，外部世界的精彩只在书本中向我展露一二，肯德基一类的洋玩意儿我更是无福消受——彼时只有市区有此门店，以当时的经济状况决计是消费不起的——某个周末，同班的两个同学相约去市区玩耍，等第二天上晚自习的时候，两人大谈特谈市区的种种繁华景象，谈到兴起，其中一个坏孩子自兜里掏出一方折叠得周周正正的纸巾，优雅而小心翼翼地擦拭去嘴角纷飞的唾沫，纸巾上印着个栩栩如生的白胡子老头，底下“KFC”三个鲜红的英文字母异常醒目，不消说，再愚笨的人也能知道，他们在市区享用过在当时来说绝对“高大上”的肯德基美食。

后来，我远离故土家人，只身入城求学，一日三餐都交由学校食堂打理，肯德基于我而言仍是奢侈，记不得有多少次路过城市中心的那家肯德基店，隔着玻璃遥望一众衣冠楚楚的男女，摸摸干瘪的钱包，又急急掉头而去；再后来，我南下岭南谋生，总算是能自己挣钱了，肯德基必然是吃过的，但我早想不起头一次吃时是何等景象，倒是清楚地记得，有阵子，我的朋友老陆连续好几天跟我抱怨，“等我有钱了，一天要吃个全家桶”——彼时我们合伙做生意赔了，正陷入山穷水尽的地步，挨饿成了常态——我则嘲笑他，那会儿肯德基已经满大街，打开网页就能看到各色人等对“西式快餐”的控诉……

如今，我蜗居这座小城，开始衣冠楚楚地学习如何成为谨小慎微的中产阶级之一员，在房贷的压力下勤勉工作，挣下钱来精打细算地筹划一日三餐的生活开销，有时候忙得来不及做饭，便径直往门口的肯德基走去，惯例的辣鸡腿堡套餐，算不上特别美味，但管饱抗饿，价格也算适中，必须点上32个赞才算不辜负它对我的照顾。当然，最重要的是，我能从这“快餐食品”中望到过往烟尘般的岁月，然后白云苍狗的感慨在这个清冷的雨夜就这么缓缓地浮了上来。

替味精正名

不知从哪一天开始，各大小饭庄都时兴打这样的宣传牌来招揽顾客：本店承诺，菜品中绝不添加味精、鸡精等调味品。好像一夜之间，用了百来年的味精忽然就成了避之唯恐不及的毒物。

味精的历史并不长，满打满算也不过百来年。20世纪初，日本一位化学教授偶然在海带中发现一种名为谷氨酸钠的化学物质，将其放入汤中，会使汤汁异常鲜美，而后大量生产，其很快便风靡全世界，当然，也包括中国。

味精最初名为味之素（现在日本也叫味之素），意为“味觉的元素”，人所感知的味觉不外“酸、甜、苦、辣、咸”五种，即俗称的“五味”，味精所提升的是“鲜”味，并不在这五味之中，何以味精就成了“味觉的元素”呢？

“鲜”是只有中国人才懂得并孜孜以求的特殊的味觉体验，难以用文字来给出一个准确的定义。央视纪录片《舌尖上的中国》，美食家庄臣在镜头前阐释“鲜”的定义：一种是英文所说的fresh，指食材的新鲜；另一种勉强可以用delicious

来形容，形容菜品美味可口。然而，这所谓的阐释，并不重在定义，更多的还是感受，设想一下，若无味精带来的“鲜”味，单凭“酸、甜、苦、辣、咸”五味，又何处感受食物进入口腔所带来那股玄妙的口感？

当然，有人会抬杠：“依你的说法，在味精出现之前，人们就感知不到食物入口的鲜美了？”当然不是，在味精出现之前，我们有更为高级的调味佳品——高汤。

高汤要高到何种程度呢？《吃主儿》的作者王敦煌先生，回忆父辈王世襄的“吃主儿”生涯，里面提到，旧时稍大些的饭馆，厨房专有一位负责吊制高汤的厨师，其薪金比别的红白案都高，常常是黄昏时分将各种食材按时间段放入炖锅（食材种类及放置次序各有各的讲究，大体总不离肥鸡、肥鸭、猪肘、猪骨、火腿等甘鲜肥美之物，有些讲究的还加入鲍鱼、干贝等海货，怎么鲜美怎么来），经一夜沸腾，使食材之精华全溶于汤中，而后过滤提纯，烹制菜肴时再来上一瓢，想不鲜美都难。譬如川菜中的名菜——开水白菜，即是选用上好的白菜菜心，切段后入开水迅速汆过捞出，再浇入吊好并提纯过滤后的高汤而成，清淡中自有浓厚之鲜，任何单纯的鸡汤、鱼汤、肉汤都无法与之比肩。

当然，这样调味的高汤，非正经饭庄或豪富之家，一般的平民百姓显然是难以承担的。平民百姓用什么调味？成书于商周时期的《尚书》说，“若作和羹，尔惟盐梅”。一个咸，一个酸，在味精发明之前，虽然调味品的种类推陈出新（如《礼记·内则》篇载，周人拿来配食的蘸酱就有数十种之多），但大体总不离“咸”“酸”二味，若非高汤撑起调味的半边天，古人对于“鲜美”的感触恐怕也乏善可陈，不然，你何以解释，味精一经发明，即风靡全世界？原来，除了费时费力且寻常人家置办不起的高汤，咱穷苦老百姓一样也能虏获“鲜美”的口感。

感谢味精，让无数平凡如我等的贱民也有了与旧时豪富差相仿佛的味觉体验，更让无数在灶间忙活的庸人有了“名厨”的自我认同感。当然，也有论调说味精吃多了对身体不好，但有句古话说得好，“过犹不及”，再好的东西，多了总会伤身的。

所以，当某些饭店打出不放味精的承诺，而其菜品照样鲜美，且菜价一栏明显无高汤参与的成本所在，我总会露出一丝冷笑。就像那些宣称自己不好色的男人，宣称自己不爱购物的女人一样，我总觉得她们是别有用心。

鱼翅&鱼刺

前一向，长沙的小天鹅戴斯酒店着实火了一把：该店自助餐被媒体曝出食材涉嫌造假且含违规添加剂后，店方竟然派人去电视台殴打记者；更为倒霉的是，打人的视频还被传到了网上……危机公关做到此等地步，想不火都难。

抛开店家愚蠢的危机公关不谈，众多大呼上当的消费者本身也有问题。该店自称五星级自助，一百余元燕鲍翅参任吃……用脚头也能想明白，这怎么可能？

果不其然，根据记者爆料，该店厨房里的“燕窝”其实是银耳，“鲍汁”则是鸡肉排骨熬的汁，海鲜嘛，全是冰冻的，且无明显的厂名厂址……至于本文要谈的重点——鱼翅，则无过多介绍，想来也是人工合成无疑，媒体早在数年前就曝光过合成鱼翅的新闻了。

产量决定市场，鱼翅向来价昂，但从烹饪原理来讲则属于借味菜，即本身无味，要靠别的食材来吊出鲜味，袁枚的《随园食单》里拿火腿鸡汤冰糖去调理鱼翅，奢华无匹，其实拿这些料去煮一条橡皮筋，橡皮筋也很好吃。

民国时期，行政院长谭延闿，历代仕宦，家学渊源深厚，精字画，尤精饮馔之学，所蓄家厨举国闻名，时人称为谭厨。那年月，能吃回谭厨，不亚于如今受邀参加三亚的海天盛筵，是值得特意发条微博以为炫耀的。谭厨最拿手的便是做鱼翅了，据唐鲁孙回忆，仅辅料就需火腿、鸡块、鲍鱼等，且上桌时这些辅料都弃去不用，端上桌来讲究的是“针长唇厚，满满一盘鱼翅，别无杂菜”，入口则“甘肥膏腴，浓郁淋漓，唇舌胶结”。

再回头想想，如此复杂的烹调工艺，再加上如此昂贵的辅料食材，一百余元任吃有无这个可能？

当然，我在此无意苛责消费者的不理性，放着上好的便宜不捡，那是傻子才有的行径。不过，能否在“捡便宜”之前事先过下脑子，这是真的“便宜”吗？老祖宗那句“便宜无好货”的理论放在哪儿都不会过时。再者说，纯从营养学角度而言，鱼翅也并无过多功效——即便从口感而言，也是借味而已——且前段时间，媒体还曝光过鱼翅汞含量超标的问题，这个“便宜”又是否值得捡呢？

似我等工薪一族，吃鱼翅的机会并不多，自无上当受骗之错觉，且无汞含量超标之虞。如果硬要追寻那极致的口感，不妨试一下跟鱼翅有异曲同工之妙的鱼刺，毕竟，二者读音相近，且从源头上来讲，也算是姻亲。

鱼刺，特指鱼身上的那根主脊骨，内有脊髓，富含胶原蛋白和磷脂，有美容、益智之效，在那些流行一鱼多吃的店里，多用来熬汤，最能出彩。不过，我对这种温情脉脉的烹饪方式并不感兴趣，我中意的是更为粗犷的油炸之法，热油烧开，剔去鱼肉的鱼骨炸至酥脆，略撒花椒盐，香脆酥嫩，佐酒或当零嘴儿吃都是绝佳的美味。

河西风光带沿线有家专卖乌鱼的店子，贵州口味，酸汤锅底，乌鱼切片下火锅，味颇不赖；尤为难得的是，此地片出的鱼骨亦油炸后拿来待客，唯一遗憾的是，炸的火候不够，且非现炸，端上桌来全无酥脆口感不说，嚼到嘴中还有些扎嘴，鱼骨下锅前又未腌制入味，味同嚼蜡，实在是可惜了上好的食材，我只去了一次就无再去的兴致。

老话说得好，鱼翅不可追，鱼刺亦无味，人世间最大的悲哀莫过于此了。

Part 10 那些用爱温暖的美味

熬粥最重要的还是耐心，一点点地搅拌，一点点地看着水米交融成浓酽的米浆，这恰如人生，守得住艰苦，耐得住寂寞，慢慢地熬着，方能尝到甘甜鲜美之真味！

1分58秒，赵蛮强的麻辣子鸡

食·典

麻辣子鸡汤泡肚，令人长忆玉楼东。

——（清）曾广钧《长沙竹枝词·题玉楼东》

食·事

刚刚还活蹦乱跳的子鸡，赵蛮强拎起就安静下来——他拿捏的部位和掌控的力度刚好，师父传的手艺在多年实践之后终于能驾轻就熟了——裁判席上哨声一响，便有寒光闪过，子鸡脖颈处多了道口子，血犹在汩汩而出，那边厢热水已备好。

浸鸡入水，手顺着脖子推到翅膀，再从胸脯推到肚膛，把鸡反过来，背部推一把，回手再推另半边，一共三把半，分毫不差，鸡毛悉数褪去。

背脊骨开膛，去内脏，去头爪，刀尖从脖颈开口处伸入，庖丁解牛般将整只鸡骨架取出，再改切2厘米见方的肉丁，早有滚油备着，滚过捞起，留底油，下早备好的各种调料，炒香后下炸过的鸡丁，随冲调好的芡汁，簸炒数下即出锅……

很多年后，已经上不了灶台的赵蛮强时常回想起这一幕。这是1978年，株洲市首届能工巧匠表演大会，32岁的赵蛮强代表株洲大饭店参赛，一道麻辣鸡丁从活鸡宰杀到成菜只用了短短的1分58秒，博得现场评委和观众雷鸣般的掌声，他也开始在烹饪界崭露头角。

入　行

入厨行这门，完全是不得已的苦衷，父亲早逝，兄弟姐妹五个，除了已嫁的大姐，娘老子一个人的工资养活一家五口人殊为不易，又赶上“过苦日子”的年份，更是捉襟见肘了，好在姐夫在当时的株洲大饭店管些事，便把不满14岁的小舅子赵蛮强弄过去学厨，学徒那份微薄的薪水贴补家用倒在其次，再难挨的年景，也饿不到厨子不是？

当时株洲大饭店的掌勺是老一辈湘菜名师周寅生，赵蛮强便拜在他的门下学厨。老辈人重师徒传承，入门前先讲厨行规矩，欲学做菜，先学做人，首要的是勤快，腿要勤跑，手要勤练，眼要勤看，嘴要勤问，旧时候称厨行中人为“勤行”就是这个道理。

学 艺

天不亮到店，先生火，人把高的炉子，加200斤煤，要烧半天，还不能直接往里添，得先和煤，大小不一的煤炭块，先敲碎，再按比例和上稀泥，团成球才能往炉子里塞；生好火，把当天预计要用到的配料一一切好，一碗碗码炉边上；清好台面洗抹布，抹布两块，一块端锅，一块擦锅，要干净得能擦脸才算，按师傅的说法，这都是侍候人吃喝的玩意儿，可马虎不得……做完歇阵子气，也就到上班的点儿了，包括师傅在内的工作人员陆续开始上班，就立师傅边上——还不能挨太近碍着师傅做事——眼神要活泛，灶上缺了啥，立马就得添上，师傅高兴了，会边炒菜边“提点”两句，这道菜为什么要这么炒，有什么讲究，火候要如何控制之类，余下的，自己悟去；下班师傅先走，自己还得留下收拾，锅灶洗净抹干自不必说，灶上的调味罐也得抹洗干净，再按次序一一摆放好，可不能错一点，油盐酱醋糖，师傅走的时候摆哪儿，第二天回来还得在哪儿，师傅下料全凭记忆和惯性，乱了就炒不成菜；碰到有预定的宴席，还得留下来加班——宴席讲排场，兴用海货，鱼翅鱼肚、海参鱿鱼之类——不比如今，有现成发好的买，都是干货，得自己发，水发油发碱发盐发，用热水还是冷水，油温多少，碱水浓度多少，盐水比例多少，都随食材和成菜的不同而随时调整，浸发的时间长短也随当日气温高低而有细微差别，师傅走时会交代发法，得记下来，这都是老辈人的经验，是花多少钱也买不来的……

算下来，一天在店的时间总有十多个小时，累是真累，却并不觉得苦：一方面是求知欲旺盛，没空想其他的事；另一个嘛，外面都在“过苦日子”，这伙房之中却颇有“油水”，全国人民都饿肚子的那几年，他赵蛮强倒吃了个肚儿圆，不仅如此，伙房中的“油水”还能捎带着揩回家。往往到饭点儿，满满一钵饭盛上，师傅手一挥，“出去呷！”饭钵子往怀里一揣，衣服放下来，面上看不出分毫，一溜小跑到家，弟弟妹妹也添了口吃食——为这，师傅还挨过处分，“四清”那会儿，上头来人查账，伙房的损耗对不上，工作队便把斗争的矛头往掌勺的那边引，眼看着就要搞“阶级斗争”，好在师傅是店里的老人，人缘不错，出身也没得说，“运动”了一阵子就不了了之，只在内部背了个小小的处分。

出 师

学徒到第三个年头，赵蛮强还没摸过锅铲，师傅说了，先得把基本功练好才能上灶。首先是选料，柜上开个菜单，你得自去市场挑回最新鲜最合适的原始食材来，这里头有学问，譬如五彩鱼丝，就得用鳜鱼，软烧活鱼得用草鱼，樱桃肉得用五花，鱿鱼肉丝得用里脊，麻辣肉丁又得换前夹心肉了；然后是食材初加工，主要是发料，列个菜单，要用到哪些干货，分别采用何种发法，各各要发多长时间，心里都得清白；再是刀功，领白绸布一条，猪肉一斤，白绸布搁案板上，猪肉一分为二，半切片，半切丝，片要大小厚薄均匀，丝要长短粗细一致，尤重要的是，白绸布还不能断，时间也不能超过两分钟……

以上都过关了，这才能上灶，先只能做员工餐，师兄弟们吃了说过得去，好，可以在客流高峰期、师傅们忙不赢的时候炒些不太重要的菜肴，端上去的菜客人还不能讲空话，讲了空话，得，继续炒员工餐，客人不讲空话也不算出师，还得单做道菜，师傅尝过后说可以了才算出师。

单做的菜也不复杂，就是如今乡里办席寻常可见的头碗，在城里的馆子里起了个洋气的名字叫全家福，办酒席时上的头一道就是这个菜。说不复杂，要做出味儿来也不容易：首先得吊汤，火腿、干贝、猪肘、老肥母鸡熬出鲜汤后滤清备用；然后是发料，鱿鱼、鱼肚等干货都得提前发好；再就是配菜，肉丸子就得准备四种样式的，有过油炸的，也有不过油炸的，有圆形的，也有橄榄形的……前后总做过五六回吧，师傅尝过后点点头，差不离就这味儿，这就算出师了！

出　名

出师后的赵蛮强涨了工资，从十八元七角涨到二十三元九角——相当于十八级技工——除此之外，他并没觉得跟出师前有何区别，还是亦步亦趋跟师傅边儿上，师傅让干吗就干吗，当然，上灶的机会多了些。

说是上灶，炒的也多是熘肉片、滑鱼块之类的家常菜，师傅跟他说的那些重选料、刀功的精细菜肴并没有机会尝试。这也不能怨他，他入这行前公私合营就已改造完成，饮食业也要为无产阶级服务，这之后更是运动不断，“苦日子”刚完，“四清运动”又开始了，刚歇下来没几天，史无前例的“无产阶级文化大革命”又开始折腾了，无穷无尽的政治学习，寻常人哪还有心思琢磨吃喝？只有在有特殊接待任务的时候，师傅会带上他开下眼，让给自己打下手，替重要人物做些诸如芙蓉海参、红煨鱼唇之类的功夫菜。

“革命十年”过去，政治氛围有所松动，整个国度也开始从偏离的航道慢慢摆正，报上开始宣扬知识分子和技术骨干，不再是学《毛泽东选集》积极分子之类，刻苦钻研业务的技术工人也不用担心扣上“白专路线”的帽子。1978年，株洲市举办首届能工巧匠表演大会，在全市各行业遴选一批优秀技术人员进行大比武，32岁的赵蛮强凭借本文开头那一幕在餐饮圈暴得大名；次年6月，株洲市又举办了首届服务行业技术表演会，赵蛮强又拿下了整个比赛的最高分……

出　国

所谓的名利双收，往往利随名来，出名后的赵蛮强加了工资，职位也提了，从株洲大饭店的一名普通厨师调到新开办的新洲酒家（原址在钟鼓岭，现已不存）任副经理，虽然也下厨炒菜，但更多的精力得放在整个酒家的运营管理上，以及无穷无尽的迎来送往之中，这让他颇不自在——炒菜多好啊，师傅教的好些菜因为“文革”的耽误，还没来得及一一验证呢——所幸，很快就有机会让他脱身而出。

1980年，中国建工部下属的湖南第五建筑公司赴北也门共和国援建，随行要带个厨师打理公司的伙食，辗转找到赵蛮强，问他是否愿意随队前往。去，当然去！也门总不要管这么多杂事，踏实做好菜就是了，也可利用闲暇时间琢磨师傅留下的那些菜单；更重要的是，对外援建还有出国津贴拿，国内的工资也一分不少，等于拿双份工资，对于已是三个孩子父亲的赵蛮强来说，这无疑太有诱惑力了。

在北也门，赵蛮强很快在当地的华人圈声名鹊起。湖南五建的食堂本只对内部的技术专家和管理人员开放，偶尔也有些政务接待，却因为赵蛮强的到来，几与对外营业的餐厅无异，天天都有当地华人托各种关系找过来吃上一顿，即连驻北也门大使也隔三岔五地携夫人前来“打牙祭”。

赵蛮强还记得，大使姓钟，河北人，夫人是湖南溆浦的——在万里之外的异国，她便是货真价实的老乡了——大使馆的厨子是杭州人，做杭帮菜，太过清淡，不大对两口子的胃口，只得来赵蛮强这里解馋了，尤其是大使夫人，对自己在当地熏的腊牛肉尤为钟爱，称有当年在溆浦老家吃过的那般风味。

授 徒

两年援建期满，赵蛮强收拾行装回国。回国前，钟大使问他是否愿意去北京工作，他可以帮忙活动。赵蛮强考虑了很久，还是婉拒了。在他看来，北京是首都，不管是机会还是发展前景都会更广大，但大使只说可以帮自己活动，老婆孩子呢？户口档案卡得死死的，要调动谈何容易？大使好心不假，说得不好听点也只是萍水相逢之辈，怎么好意思麻烦人家太多？

赵蛮强回了株洲，继续当他的副经理，厨房之外的事务他有了更好的理由推托，他要在厨房里钻研新菜式备赛，为株洲大饭店，也为整个株洲市争荣誉——在他出国的这两年，国内烹饪界似乎迎来了春天，大大小小的烹饪赛事层出不穷。

也在这些年，社会上学厨的气氛也浓了——经济发展迅猛，口腹之欲终于盖过了无休无止的政治斗争——当时的株洲市烹饪协会开设了厨师培训班，为期三个月，最多的一期有两百多人参加，多是厂矿子弟和近郊农民，也有想提高自己厨艺水平的在职厨师。备赛之余，赵蛮强被聘过来教学，当然，不能像当年师傅教自己那样“拖沓”，毕竟，学制不允许嘛！理论要讲，如何选料，如何发料，如何勾芡挂糊之类；实操的话，刀功只能自己做示范，要掌握的话也非一朝一夕之功，更多的是教些菜式的烹饪手法，文火武火，油温多少，该炒还是该焖，何时该放何种调料……余下的得靠学生自己课后刻苦了，有疑惑也可以问赵蛮强，还不限学制内，日后获得中国烹饪大师殊荣的孙文革（惟楚大厨房行政总厨）、罗建成（金龙大酒店行政总厨）等当年都是这么教出来的。

玩　票

时间的车轮滚动到20世纪90年代，剧变的中国比任何时候走得都要快——就像崔健歌里唱的那样，“不是我不明白，这世界变化快”——当年被视为株洲餐饮业标杆的株洲大饭店也因种种原因湮没在历史的烟尘里。

赵蛮强默默地办了内退，也没像其他同事那样闹着改制办要待遇，已过了知天命之年，有些事情也没年轻时那样看重了，崽女都争气，挣的钱也不比他这个特级厨师少——奇怪的是，三个崽女，没一个从事餐饮行业，赵蛮强说是学厨太苦了，他舍不得崽女吃这个苦——辛劳半辈子，也是该歇歇了。

当然，以赵蛮强的声望，想完全歇下来也是不可能的，当年的徒弟，但凡用点心的，如今多已成为各个厨房的大佬，返聘的邀请一个接一个，他都一一婉拒。只有徒弟说，有个什么菜拿捏不准，他才会前去指点一二——在提携后学这方面，他向来都不遗余力——厨行最重师徒传承，当年自己跪师傅跟前拜师，师傅就是这么说的，之后他也是这么做的，自己可不能辱没师傅多年来的言传身教。

偶尔技痒，他会到一个师弟开在自己家附近的某个餐馆炒几个菜，做的都是软炸里脊、网油叉烧鳜鱼之类的传统老菜，不能多炒，纯粹“玩票”性质，要让人知道他赵蛮强在这儿掌勺，师弟那馆子门都会挤破。

封　刀

赵蛮强原打算在六十岁生日当天办个盛大的封刀仪式，从此不再上灶，潜心整理脑子里的那些菜谱——他曾粗略计算过，师傅教的，加上自己这些年摸索出的，总有三百来道之多——他却从未想过，封刀的日子竟然比预想的提早了两年，还是以一种厨行中人难以接受的方式袭来。

2004年8月12日，从睡梦中惊醒的赵蛮强忽然发现半边身子不能动弹，被家人紧急送往医院抢救。是高血压引发的中风，临床症状表现为偏瘫，医生让家人做好余生卧床的心理准备，没想到让他熬了过来，出院后虽然半边身子吃不上力，行动有些延缓，但到底站了起来，并且能借助拐杖等辅助工具自如行动。

灶自然是不能再上了，好在师傅教的以及自己创制的那些菜都在自个儿脑子里牢牢记着，还有那些年参加大大小小烹饪比赛积累的丰富经验，他又找到了发挥余热的地儿——替如今参加各种烹饪比赛的后辈厨师做技术指导，教他们如何在一道菜里把“色香味形器养”搭配到最佳状态——譬如去年年底举办的首届中国湘菜博览会烹饪大赛，株洲金龙大酒店选送的糖醋松脆肉获得热菜类金奖，这道菜就是赵蛮强手把手教出来的，这是道创新菜，酸甜口儿，结合了传统湘菜里的糖醋里脊和焦酥肉卷之长，既不落俗套又不出五味调和之道。

2011年12月19日，在湖南省人民政府主办的中国第六届湘菜美食文化节上，赵蛮强荣获湖南餐饮从业五十年终身成就奖。

2015年9月19日，农历八月初七，赵蛮强六十九岁生日，男做进，女做满，家人给他办了场热热闹闹的七十寿宴。席开二十六桌，亲戚朋友之外，泰半是从厨这些年来收的徒子徒孙，更有远从国外赶来的徒弟，挨个儿给赵蛮强磕头拜寿。

赵蛮强眼睛有些湿润，从兜里掏出手绢擦拭眼泪时，他想起1959年的那个初冬的早晨，他跪在师傅跟前，师傅跟他说的第一句话就是，“咱们厨行，最重的就是师徒传承……”

（株洲市餐饮行业协会秘书长吴平女士对本文亦有贡献，特此感谢）

食·谱

主料：净子母鸡一只（约500克）。

辅料：鲜红椒（50克）、冬笋（200克）、生姜（10克）、蒜子（10克）、蒜叶（5克）、花椒（2克）。

调料：熟猪油（1000克，实耗50克）、湿淀粉（25克）、绍酒（15克）、黄醋（10克）、酱油（10克）、芝麻油（5克）、盐（1克）、味精（0.5克）、芝麻油（5克）。

操作步骤：

1. 子母鸡去骨，改切约2厘米见方肉丁，用酱油（5克）、湿淀粉（15克）和绍酒抓匀备用。

2. 红椒洗净去籽，切约1厘米见方小块；生姜去皮，亦切1厘米见方小块；冬笋切1厘米见方小块；蒜子亦切小方块；蒜叶切1厘米长斜段；花椒拍碎成末。
3. 锅置旺火上，用熟猪油1000克烧到五成热，将鸡丁下锅拨散后即捞起；待油温升至七成热，复将鸡丁下锅，炸成金黄色即连油倒入漏勺沥干油。
4. 锅置旺火上，用熟猪油50克，放入红椒及冬笋块，并加盐和花椒末一并翻炒几下。
5. 下炸好的鸡丁，并加黄醋、酱油、大蒜叶、味精、湿淀粉一并翻炒。
6. 起锅盛入盘中，淋上芝麻油即可。

不会炒小龙虾的琴行老板不是个好主唱

食·典

我们都知道，风雨过后才能见彩虹。但我们都希望，最好能直接坐在彩虹里。他人已经为你布置好绚丽的世界。可是，别人为你布置的景致，他随时都可以撤走。所以，虾子要吃活着烧出来的，痛出来的鲜美才足以颠倒众生。

——张嘉佳《生鲜小龙虾的爱情》

食·事

五斤虾，水龙头下一一冲洗干净，然后择去头尾，放一旁备用，等儿子放学回家便能下锅了……

老王熟练地在半个小时内做好这一切，如果不是房间四壁挂着型号不一的各种吉他，你几乎会将老王等同于一个专业的厨子，而事实上，老王却是一位琴行老板兼乐队主唱。

在湖南地下音乐圈，王磊石的名字很多人都知道，出道二十多年，先后组建或参与过多支乐队，同行或者后辈都叫他磊哥，更亲近的朋友则叫他老王，有的时候还得加上“隔壁”两字做前缀，典出那个举国皆知的段子——某小孩天赋异禀，生而能言，叫爷爷爷爷死，叫奶奶奶奶死，叫爸爸，结果，隔壁老王死了——当然，并无特殊含义，只是戏谑而已。

老王还是小王的时候，根本没想到日后会吃上音乐这碗饭，父母都是331的工人，那时节的国营厂矿几乎就是个封闭的小社会，从生到死都包了圆——厂办的学校，毕业后不想考大学就直接进厂，随年限和经验的增加提上几级工资，运气好的话还能提个干，走上领导岗位……但小王显然不打算过这样的生活，他跟别人不一样，他会弹吉他，歌儿也唱得不错，上学的时候和朋友组队弹唱beyond乐队歌曲还拿过学校元旦文艺会演的一等奖……所以，从学校出来，坐牢一样上了两年班后，小王便办了停薪留职，去北京迷笛音乐学校“深造”，打算在音乐道路上走得更远一些。

说是“深造”，也并没“深”到哪儿去，那时的北京迷笛音乐学校远没有如今这般规模，都是三个月的短训班，也学不到多少正经玩意儿，但北京的音乐氛围显然不是株洲这样的三线小城可比——那是1995年，前一年魔岩三杰和唐朝乐队在香港红磡体育馆举办了名为“中国摇滚乐势力”的演唱会，其被誉为中国摇滚不可逾越的高峰，孕育了唐朝乐队和魔岩三杰的北京成为无数地下音乐人心目中的圣地——小王耳濡目染其间，再回株洲就更没心思安心上班了。

1998年，国企改制的浪潮推到株洲，无以计数的国企职工在时代的浪潮中跟“下岗”这个以往闻所未闻的新名词产生联系。赶在这之前，小王就办了内退手续，那会儿，他已开始玩儿乐队了，工余闲暇，或者干脆翘班旷工，排练演出，也渐渐在湖南的地下音乐圈闯出些名头，全民下岗潮不过给了他全身而退的底气而已。

工作丢了，生活还得继续，不是大腕儿明星，演出的那些零星费用几乎可以忽略不计，大头来自歌厅驻唱，行话谓之“跑场子”，那正是湖南歌厅文化最火的年代，歌手、乐手供不应求，工价也高得吓人，更何况还有客人点歌的小费分成，“好的话，一个月能拿五六千，那会儿株洲平均工资也才三四百元钱……”但小王并不热衷在外人看来挣钱多多的“跑场子”，理由是歌厅里规定唱的歌格调太低了，“自己喜欢唱的歌唱上100遍都会腻，何况是不喜欢的歌呢？”只有在穷得揭不开锅的时候他才会去歌厅唱上一段时间，更多的时候，则与乐队成员一起窝在地下室排练，演出则只接一些现场酒吧的活儿，长沙的46、武汉的VOX、杭州的31、上海的哈雷之类，这些地儿可以唱自己喜欢的歌——原创或者国内外那些格调比较高的歌曲。

世纪之交那一年，24岁的王磊石结婚了，几年后又添了儿子，曾经火爆的湖南歌厅在这期间走起了下坡路，对乐手、歌手的需求不再那么迫切，把工价也压得很低，零星的演出费用无以支撑一家三口的吃穿用度，王磊石开起了琴行，卖琴的同时也教些学生弹琴，算是有了稳定的收入来源；乐队也一直在玩，分分合合地在不少乐队里待过，一路从小王变成了老王，眼下的芒果青年乐队是2009年组建的，他是队长兼主唱；演出也没断过，以长株潭为中心辐射了大半个中国……

演出多在晚上，玩儿音乐的多是昼伏夜出的动物，消夜是少不了的保留节目。小龙虾是桌上恒定的主题，壳比肉多，解馋但不管饱，下酒极佳，做法多样，从南京的十三香，到湖北的油焖，再到湖南的口味，一路攻城略地占领了全国消夜市场，身价也一路高涨，从最初的几角钱一斤到如今的动辄二三十元钱一斤（活虾），再加上消夜档口的利润，俨然已是高消费。但老王对这些并不担心，他早在龙虾价格涨起来之前就吃遍了全国各地的虾，且从中摸索出自己的炒虾心得，馋这口儿的时候，往往会自去菜市场采购活虾，而后再烹制成菜。

就譬如今日，儿子说想吃虾，他下午便去买了虾来，而在老王看来，现在的虾还没到季节，价格贵不说，虾肉也不够饱满，等再过段时间，虾肉饱满了，他会继续延续已经持续了好几年的“小龙虾趴”——约上一众狐朋狗友，吃虾喝酒，弹琴唱歌——而我，也会是受邀者之一……

嗯，没错，我从未像现在这样如此期待虾肉饱满起来！

食·谱

主料：小龙虾（1500克）。

配料：食用油（100克）、生姜（30克）、蒜子（40克）、干辣椒粉（20克）、花椒（10克）、孜然（8克）、香叶（4片）、白砂糖（10克）、耗油（3汤匙）、干紫苏叶（适量）、椒盐（适量）。

制作步骤：

1.小龙虾洗净并切开背部虾壳。

2.大蒜子切碎，姜切丝。

3.油烧至滚热，将小龙虾倒入翻炒变色。

4. 依次放入辣椒粉，大蒜子，姜丝，花椒，孜然，干紫苏，香叶，蚝油以及白糖炒匀。

5.继续翻炒至虾熟透。

6.洒入椒盐炒匀即起锅。

黄焖羊肉，是生计，也是爱

食·典

甘温。暖中，补气，滋营，御风寒，生肌健力，利胎产，愈疝，止疼。肥大而嫩，易熟不膻者良，秋冬尤美。与海参、芦菔、笋、栗同煨，皆益人。加胡桃煮则不膻。多食动气生热。不可同南瓜食，令人壅气发病。

——（清）王士雄《随息居饮食谱·毛羽类·羊肉》

食·事

冬天天亮得晚，天气也不大好，都七点半了，外头还灰蒙蒙一片，万顺强却已经在店门前站了好一会儿，抬头看看天，又看看表，摩托车“吱”一声停他跟前，羊贩子倒没有“塌场”，仍然掐着点儿把羊送了过来。

在原玻璃厂这块儿稍嫌偏僻的家属区，万顺强算是个不大不小的“名人”，提起他，上些年纪的人都知道，“就是那个做羊肉的老万”，但是，二十年前，并不是这样的。

1996年，原株洲玻璃厂在国企改革的大背景下同样面临破产改制的命运，首当其冲的便是没有签订正式用工合同的临时工一族，万顺强也是其中之一。那一年，他二十八岁，女儿四岁，妻子则在市内某民营企业打工，略能贴补家用而已，养家，还是得靠他这根“顶梁柱”。

摆摊子卖早点、盒饭，那时节没有多少门路的下岗工人大多以此投入商品经济的浪潮——反正在家也得做饭，不过多备些饭菜，拿到市集上去卖——从最初自搭的棚子到后来租下别人的车库，再到如今一空三进的门面，万顺强一点点稳下了脚跟。

店内主打黑山羊，这是从当时火得一塌糊涂的茅屋黑山羊引进过来的，白水煮羊肉八成熟，取出拆骨切块，油爆后加原汤焖之，这也是株洲流行的羊肉吃法。万顺强的秘诀是严把食材关，羊的品质一定要好，如此可以少放甚至不放大料来去膻——羊肉味醇且重，大料的香味太过霸道，会破坏羊肉原有的味道——挑选的标准是观感、触感、嗅感之间的细微差别，都是多年的经验，万顺强也说不出个所以然来，他总强调自己还不算个合格的手艺人，只是迫于生计吃上了这碗饭。

2014年，为了迎合上级产业发展升级的要求，旗滨玻璃搬离株洲市区，人少了一大半，本就萧条的玻璃厂家属区更显冷清，万顺强的生意也一落千丈，有时一天也做不了一单生意，心灰意冷的他甚至都有了关店的想法，谁也没想到，竟是平时言语不多的女儿“解救”了他。女儿那时刚大学毕业，和所有热衷于社交媒体的“90后”年轻人一样，惯于将自己的生活袒露于互联网这个半匿名的空间。阴差阳错的，女儿将父亲店里的菜品发到网上，有网友看到后过来试吃，感觉不错，回去又发帖，然后又吸引了更多的人前来试吃，这样聚合式的传播效果，竟让玻璃厂家属区这个萧条破败的小店在网上“红”了起来……

提起这个宝贝女儿，万顺强有说不完的话，当然，不是对前述“解救”的感恩，而是一种亏欠和愧疚。女儿四岁他就下岗开店了，店小事多，根本没多少时间陪她。从幼儿园到高中，常常是女儿回家，他还在店里忙活；炒两个菜，女儿吃了便回家做作业；等他打烊回家，女儿已经睡了；第二天一大早，女儿出门上学，他还没起床……父女俩一年到头也难得说上几句话，等女儿大了，有些亲昵的话语更是难以说出口——中国人总是怯于情感的表达，不独他一人如此。

万顺强成年后第一次落泪也是因为这个宝贝女儿。那是2010年，他送女儿去兰州上学，回程路上，想着打小儿就没怎么陪过她，眼下间关千里，就是想见一眼也不容易了，也不知兰州的饮食习惯合女儿的口味不，在家的时候，女儿最爱的就是自己给她做的少辣的黄焖羊肉……眼眶不觉就湿了。

万顺强不知道的是，兰州近贺兰山麓，出产中国品质最好的滩羊肉，白水煮过蘸盐巴就足够鲜美，女儿也吃过不少，但总觉得有股膻味儿，没有自己父亲做的那般鲜美。寒暑假回家，女儿第一件事便是到父亲店里，就着一大盆黄焖羊肉，吃下三碗饭才算完成回家的仪式。

让万顺强开心的是，女儿毕业后回了株洲工作，大学时期谈的男朋友就是湘潭的，逢周末便会来株洲，万顺强照例会做上一大份黄焖羊肉来款待。“准女婿”吃得很开心，虽然万顺强不确定这开心里有多少奉承的因素在里面，但看着女儿充满爱意的眼神，他也就变得开心起来。

有时候，这开心也会变得恍惚起来，女儿已经和他谈过结婚的打算了，他不知道，女儿出嫁时自己会不会再度落泪，但肯定，女儿的婚宴上一定不能少了他的这道黄焖羊肉。

食・谱

主料：带骨羊肉一大块（1500克）。

配料：盐（25克）、小红椒（30克）、蒜瓣（10粒）、辣妹子辣椒酱（40克）、味精（少许）、鸡粉（少许）、蒜叶（少许）。

操作步骤：

1.羊肉洗净，放入锅中，加清水没过煮开。

2.水开后撇去浮沫，改小火炆90分钟左右（依个人口感，炆煮时间自由掌控）。

3.捞出羊肉，趁热去骨，待冷却后改刀切薄片备用。

4.辣妹子辣椒酱用油爆香后备用。

5.锅底放茶油，热后下改刀后的羊肉和蒜子迅速翻炒。

6.下油爆后的辣椒酱和小红椒，翻炒均匀。

7.注入原汤，烧滚后加盐和味精、鸡粉调味。

8.出锅放蒜叶即可。

无关天分的芥末花螺

食·典

螺蛳制与蚬同，惟子多则不可食。徽州人晒干，卖者名青螺。可以作羹。闽中有香螺，小而鲜，糟食最佳。

——（清）袁枚《随园食单》

食·事

李超在厨艺这方面无疑是有天分的。农村孩子懂事早，七八岁，最多九岁，还没灶台高的李超便搭张板凳在灶台前忙活了——农事繁忙，田里的活计可不能耽搁，大人外出耕作，家居琐事便交由小辈打发了——乡下人吃食总归粗陋，也无太多讲究，熟了便成，但让李超至今引以为傲的是，他对调味配比的精确把控超过了很多司庖多年的老手，“我看我婶娘他们炒菜，放了盐之后总要尝一下，有时候还要尝好几下，我从来不用尝的，一把盐下去，咸淡正好……”

“百味盐为先”，咸淡间的细微差别决定着一道菜的最终口感，厨行向有“好厨子，一把盐”的说法，厨师的手艺高低也在用盐精当与否上体现，对于没有多少烹饪经验的童稚来说，刚上手就能把控得如此精准，似乎也只能用天分来解释了。

2003年，初中毕业的李超正式踏入厨行，在当时的大中华海鲜酒楼后厨当学徒——对于读书不甚灵光的农家子弟而言，学门手艺总好过在田土里扒食。

和所有传统的手艺一样，厨行一道也不是入门就能学艺的，先得替师父打杂，一是磨炼心性，二是诸多基本功的积累也得在打杂的年月里慢慢养成。打杂无非宰鸡杀鱼——行内叫水台，意其整日跟水打交道——或者给灶台上的师傅配菜，切块切丁切丝，灶上一声喊就得配好。也不是刚入门就能配，之前还得经过长时间的训练，逢闲暇时间便得窝厨房一角切土豆丝，握刀的右手虎口上厚厚一层茧，手指被刀切到也是常有的事儿，很多人受不了这个苦，工资不结便偷偷溜掉。但李超不一样，农村出来的孩子，别的不说，苦却是能吃的，不但工余闲暇切土豆丝，甚至下班后同伴们邀约去喝酒打游戏，他也一个人窝在厨房继续切土豆丝。

很快，李超便从那帮一起学厨的同伴中脱颖而出，先是被知会可以给师父灶上配菜，继而又破格允许上灶炒些不太重要的菜肴，师父在边儿上会不时指点几句，同时也讶异于这个年轻小伙子对调味的精准把控，教的也比别的同门师兄弟更多一些……很多年后，已经成为行政总厨的李超常常会想起这段没日没夜切土豆丝的岁月，“欲为诸佛龙象，先做众生马牛”，他也不记得是从哪儿看到过这句话，只觉得挺契合自己这些年的经历的，便将这话作为自己的QQ签名档。

2006年，出师的李超南下深圳打拼。这回终于不用再切土豆丝了，入职就上灶，从尾锅一步步熬到二锅、头锅。与此同时，粤菜的选料功底和烹饪技法也吸引了李超的注意力，在株洲做学徒的时候，酒店虽也有粤菜师傅，但到底隔了一层，即便自己有好学之心，也不敢明目张胆地偷师——厨行向重门规，表面虽一团和气，内里却也是壁垒森严的，偷学是大忌——但现在不一样，现在他早不是打杂的学徒了，炉头的身份让他有足够的理由可以和同行切磋交流，至于是否有欺师叛门的嫌疑，李超并不认可。在他看来，人口的流动也加速了口味的融合，传统的八大菜系虽然各有其拥趸，但在相互交融的过程中，也会产生一些新的菜系、新的口味，就以株洲地区这几年卖疯了的“芥末花螺”为例——这菜是李超2010年前后研发的，以其爽脆而极富刺激性的口感俘虏了大批株洲食客的味蕾，又因其操作简便，很快便在株洲各大餐饮机构流行开来——本是典型的粤菜，白灼后蘸芥末酱油而食，改良后将蘸食的芥末酱油变为浸泡花螺的汤汁，且加入蒜头、小米辣等湘式食材，你说它是湘菜还是粤菜呢？

2008年，李超回了株洲，在国宾酒店待过段时间后，仍回了当年做学徒的酒店，不过是荷塘区的东程大中华。于熟谙株洲餐饮掌故的人来说，大中华是株洲地区首家引进平价海鲜概念的社会餐饮机构，用湘式烹饪手法打理粤式海鲜食材的“湘式小海鲜”概念也由此而起，而这，恰恰是李超当年在深圳和同行切磋时所思考过的问题。

气息相投，混在其中自然如鱼得水，李超在后厨的地位一天天爬升，很快便成为酒店的行政总厨，管理着后厨一大帮子人，那一年，他26岁。

2014年末，东程大中华海鲜酒楼更名为老地方·寻味餐厅，股东变化，李超亦有参股，从后厨老大跻身具有决策权的股东层，这距他从堂市乡间来酒店学厨，刚刚好十一年。

现在的李超，已不需要亲自下厨炒菜，厨房倒是常去，除了实时监控手底下厨师团队的出品之外，更多的时间，他都在钻研新的菜品，思路仍然是在深圳时和同行切磋时碰出的那些火花。

“芥末花螺”至今仍是店内点单率居高不下的旺销菜品，更莫提株洲别处餐饮机构里“开枝散叶”的那些变种了，说不自豪是假的，有时朋友也会恭维他的厨艺天分，不善言辞的他笑笑便算领情了，只有他自己知道，天分背后是多少不为人知的辛劳和咬牙苦撑的坚持！

食·谱

主料：花螺（500克）、黄瓜（200克）。

辅料：蒜子（30克）、小米辣（30克）、香菜头（15克）、芥末（25克）、调和酱油（生抽80克）、蒸鱼豉油

（80克）、鱼露（10克）、美极鲜酱油（10克）。

操作步骤：

1. 花螺买回后净养两至三天，吐尽泥沙。
2. 水烧开后下入花螺，再开后两分钟关火，泡三分钟。
3. 捞出放入冰水中浸泡至冷。
4. 洗净后用竹签剔出螺肉，去肚肠后再塞入螺壳中。
5. 纯净水洗净，捞出放入冰箱冰镇三小时。
6. 芥末与调和酱油调匀后加入切碎的蒜头、小米辣、香菜头。
7. 黄瓜切丁打底，加入花螺，浇入步骤6调匀的酱汁搅拌即成。

清明螺，赛只鹅

食·典

炒螺奇香隔巷闻，羡煞神仙下凡尘。
田园风味一小菜，远胜珍馐满席陈。

——（明）伦文叙《食炒螺》

食·事

老辈人吃东西讲究时令，什么时节吃什么东西是有讲究的，所谓不时不食，两千多年前的孔老夫子在《论语》里就说过这事儿了。

时令菜除了应季上市的各色菜蔬之外，肉食水产也得遵循“不时不食”的古训，“一月鳗，二月虾，三月马鲛四月鲫”等民谚的流行便是佐证，最典型的就是长江三鲜了，每一样都有特定的入嘴节气，一过那个时节，则皮粗肉硬，难堪下咽了。

当然，以长江三鲜之身价，即便过了季节，已现皮粗肉硬之“败相”，也是远非工薪阶层所能消受得起的。好在富人有富人的时鲜，穷人亦有穷人的心头好，眼下清明已过，谷雨未至，正是食螺的好时节——“清明螺，赛只鹅”——更重要的是，螺蛳所在皆是，江河湖海、沟渠港汊都可栖身，不过三五元钱一斤，返家收拾干净，或炒或焖，便是一道绝好的下酒菜。

螺蛳入馔，大抵洗刷净剪去螺尾，大油猛火，喷酒爆炒，姜蒜辣椒多多益善，再加汤焖之，务使汤少成黏稠状，使其入味。食时塞螺入嘴，牙尖轻抵螺尾，舌尖裹住螺头使力一吮，整个螺肉便挟着鲜美的汤汁滑出，只是须掌握吮吸的力度：小了吮不出，大了的话便会将螺蛳屁股里的屎肠也一并带出……湖南人称之为嗍螺更是形象，一个“嗍”字神韵便出来了，夜宵摊上常见，一盘不过十几二十元钱，常年四季都有售卖，当然，会吃且懂吃的人都晓得，“清明螺，赛只鹅”，只有此季前后的嗍螺才最为肥美——冬眠苏醒后已摄取了充分的养分，又未到产子之际——远非寻常时间可比。

当然，似我这般愚钝懒汉，即便知道此季的嗍螺最肥美，也甚少去摊上点上一份来尝。嗦螺之趣重在一“嗍”字，前文所述之吮螺之术，虽只寥寥数十字，要修炼得法也非一朝一夕之功，坊间玩笑话，嗍螺嗍得好的人，吻技一定过关。遗憾的是，老夫虚长数十年齿，一直未能找到能与我操演吻技之人，日常疏于训练，吮螺之术自然不可能合格，也只能对着一盘油汪发亮的嗍螺徒兴羡鱼之情了。

也有别法。将螺肉剔下，与韭菜同炒，春韭炒春螺，清新鲜美，自可想象。幼时顽劣，常去田间水头摸来一水桶一水桶的螺蛳，清水散养几天，洗刷干净后开水氽过，捞起用牙签一颗颗地剔出螺肉，再交由父母去炒，餐桌上也算多了碗荤菜。只是有一点，螺蛳虽是荤物，却并无多少油水，且吃大油，彼时家贫，断不肯在此贱物上耗费太多，故炒出来总是死柴死柴的，且带泥腥味，吃过几回便再无兴致，即便如今在菜场见到剔出的螺肉也不会起兴买下回家再炒一盘，几乎留下了心理阴影。

世间的事巧就巧在，你明明一直在摆脱着的某些东西，往往会在你猝不及防的时候杀你个措手不及，半点商量余地也不留。本以为不会再与剔出的螺蛳肉发生任何纠葛，不想却在异地的街头与它再度相逢——

上星期溜达到佛山参加一个老大哥的新店开张庆典，饭桌上一道青褐相间的菜肴甚是惹人注意，转到跟前细看，却是和青椒段同炒的螺蛳肉，本想转过不管，却见桌上众人频频举箸探去，心下好奇，也随众夹了一筷子入嘴，却完全颠覆了之前的固有印象：不但半点泥腥味也无，螺肉也是细嫩得紧，佐以爆得恰到好处的青椒段，鲜香热辣，是道下饭的好菜。

好在后厨掌勺的也是自家人，好友老刘的入室弟子——老刘是个奇人，自小拜师学厨，在厨行中辈分颇高。三十岁前是个浑蛋，年少轻狂，鲜衣怒马，挣下的万贯家财都耗费在无尽的酒色财气之中；三十岁后痛定思痛，以全部身家盘下一家店面重新开始，投入不到15万，一个月净赚18万，资本迅速介入，跑马圈地般将分店开遍全国，佛山老大哥的这家新店便由老刘及底下团队全权把控出品——唤过老刘问过便知了端倪。

原来这菜炒来也不难：螺蛳肉剔出后用淘米水洗过，可以去除泥腥味，且能让螺肉变嫩；螺蛳吃油，炒时不妨多放些油，他的诀窍是用混合油，即化些猪板油进去同炒，更添其香；再就是掌握好火候，炒透入味的同时，不至于老不堪嚼……

当然，若你嫌佛山太过山迢水长，往来不便，也无妨，自可去菜市场买上一些剔净的螺肉，照本文文末这份菜谱原样复制一份也可——只是得抓紧，“清明螺，赛只鹅”，毕竟，螺蛳肥美的时日已所剩不多！

食·谱

主料：螺蛳肉（250克）、青椒（200克）。

配料：生姜（10克）、蒜头（15克）、小米辣（5克）、紫苏叶（少许）。

调料：菜籽油（25克）、熟猪油（50克）、盐（少许）、胡椒粉（少许）。

制作步骤：

1. 螺蛳剔出净肉，淘米水洗去黏液，备用。
2. 青椒切段，生姜、蒜子、小米辣切丁。
3. 锅坐火上，先下菜油烧透，次下猪油划开。
4. 姜、蒜爆香，下螺蛳肉及小米辣迅速翻炒30秒许。
5. 下入青椒段炒至断生。
6. 下盐和胡椒粉炒匀。
7. 下紫苏叶炒匀即出锅。

砂锅粥，熬出来的人生

食·典

见水不见米，非粥也；见米不见水，非粥也。必使水米融洽，柔腻如一，而后谓之粥。

——（清）袁枚《随园食单》

食·事

做了二十年招牌装潢的彪哥怎么也没想到，他会在四十岁这一年跨界转型成一名餐饮人，这与他之前的定位实在过于悬殊。

醴陵，湘东重镇，出瓷器及烟花爆竹，经济总量可观，向有中国百强县之美誉，也是四十岁之前的彪哥赖以谋生的所在。

和大多数并无多少人脉资源的中国县城青年一样，叛逆而漫长的青春期之后，年轻的彪哥必须为自己日后的生计寻个稳妥的行当。彼时是20世纪90年代中期，中国经济正处在新一轮增长高峰的前期，醴陵这一小城也展现出勃勃生机，每天都有新的店铺开张，有一定工艺美术基础的彪哥将目光瞄向店面招牌装潢这一块。

创业初始的艰辛自不须提，熟门熟路，兼以勤劳肯干，彪哥在醴陵招牌装潢这一块儿渐渐有了些名气，活儿接踵而至，虽不至于大富大贵，至少能让他在醴陵过上不错的生活。

坏消息是这两年慢慢显现的，2013年下半年开始，中国经济进入下行周期，经济增速放缓，小城醴陵也被波及。招牌装潢这行当是完活儿之后一段时间再回款，彪哥发现，回款的周期越来越长，很多时候，对方干脆失联，只留下一间空空如也的店铺……

也就在那段时间，彪哥常去一位潮汕朋友在当地开的砂锅粥铺闲坐，偶尔吃些东西，粥铺菜品与日常所食重油重辣之湘菜全然不同，他也慢慢喜欢上这个味道，招牌装潢这行当不好混了，何不转型做餐饮？别的不说，起码有稳定的现金流，至于技术层面，朋友这里有现成的，到时候自己负责前厅管理，朋友负责出品把控，岂不强过一日不如一日的老本行？

和朋友聊起这个想法，两人一拍即合，前期考察和选址之后，黄河南路一家名为彪哥潮汕砂锅粥的店面悄然开张，和预想中一样，朋友负责出品把控，彪哥自己则在前厅忙活。

等店面真正开起来之后，彪哥才知道，餐饮这行当并不是他想象中的这么好玩儿。有稳定现金流是不假，但现金流的前提是要有稳定的客源依托，株洲餐饮江湖早已烽烟四起，过多的卖方提供者瓜分着固有的消费客群，更莫提还有无数彪哥这样被虚妄的现金流吸引进来的行外人前来分一杯羹；更重要的是，尽管在招牌装潢行当里摸爬滚打整整二十年，过了四十岁的彪哥仍未学会左右逢迎的八面玲珑，店子开了就开了，客人来了就来了，他从未想过宣传推广之事，在这样一个资讯满天飞的快节奏年代，他确乎是有些落伍了。

很长一段时间，店面都处于亏损状态，好在他性子沉稳，知道有些事再急也急不来，当然，更多的底气来自对自己产品的自信——在开店之前，彪哥就和那个潮汕的朋友把株洲市区遍布的潮汕砂锅粥尝了个遍，自认自家出品的是最接近当地口味的——虽然也有顾客"吐槽"太过清淡，"冒点味"，但他坚信这是地域不同所带来的口感差异，待时日长久，顾客自会慢慢习惯。

店名潮汕砂锅粥，主打自然是砂锅粥，尽管后厨有专人打理，不忙的时候，彪哥还是愿意钻到后厨，自己熬上一份给相熟的客人吃。首先是选米，传统的潮汕砂锅粥是用增城丝苗，米粒细长，米香浓郁，只是货源不大好弄，且奇贵无比，成本上吃不消，优质的东北黏米也能凑合，只是一定得用当年产的新米；然后是浸泡，时间上要掌握好，一般以两小时为宜；再是下煲，水先开再下米，记得点一些猪油进去，一可增香，二则可防粥水翻滚时溢出；米下煲熬出米浆后，要舀出部分米渣，使粥水更为浓酽；熬粥过程中，得用勺子在煲中不停搅拌，以防米粒粘连；起锅的时候点些鱼露和花生酱进去，一为提鲜，二为增香……

熬粥的时候，彪哥会想，即便一道再寻常不过的砂锅粥，其间的讲究也是无比繁复，当然，最重要的还是耐心，一点点地搅拌，一点点地看着水米交融成浓酽的米浆，这恰如人生，守得住艰苦，耐得住寂寞，慢慢地熬着，方能尝到甘甜鲜美之真味！

食·谱

主料：东北黏米（200克）。

辅料：大明虾（6只）、瑶柱（2个）。

配料：熟猪油（10克）、鱼露（5克）、四季宝花生酱（5克）、盐（少许）、鸡粉（少许）。

制作步骤：

1. 黏米先行浸泡两小时备用。
2. 砂锅坐火，注入纯净水，开后放入浸泡过的米粒，并化入猪油。
3. 汤勺在锅内沿顺时针方向不停搅动，以防米粒粘连，其间相机加入纯净水，使锅内水位维持步骤1之状态。
4. 持续步骤3约30分钟许，米粒完全爆浆后捞出约一半米渣，滤出米浆继续搅拌。
5. 放入大明虾和瑶柱，继续坐火上搅拌约5分钟。
6. 放入鱼露、四季宝花生酱、盐和鸡粉。
7. 搅拌均匀，离火即成。

娭毑的鸡蛋炒肉

食·典

尝闻有一南客，不食鸡卵，初至北地，早尖，下舆入店，呼店伙甚急，其状似甚饥，开口便问："有好菜乎？"答曰："有木樨肉（北方店中以鸡子炒肉，名木樨肉，盖取其有碎黄色也）。"客曰："好好，速取来。"及献于几，则所不食者也……

——（清）梁恭辰《北东园笔录》

食·事

欧阳卫星是苦水里泡大的孩子。三岁那年，有既往精神病史的母亲在一次发病后离家出走，至今下落不明，他也成了没娘的孩子。那时节的农村不比如今，条件差，农活又重，父亲再爱他也不如女人细心，他凑合能填饱肚子就了不得了，要解馋，得去娭毑家。

娭毑家条件也不好，崽女多，闲话也多，但只要欧阳卫星上门，娭毑总会偷偷地塞些吃食给他，有时还有特别的惊喜——娭毑家若买了肉，总会偷偷地割下一小块，趁家里没人，飞快地烧一把火，肥肉先煸出油，鸡蛋打入，将凝未凝之际，迅速下入瘦肉和辣椒，翻炒数下盛出，“那个香啊，好远都闻得到”。

穷人的孩子早当家，这话放欧阳卫星身上一点儿没错。自打记事起，欧阳卫星便跟无休无止的劳作扛上了：八九岁就背个泡沫箱子走街串巷卖冰棍；再大些便到村头的砖窑打砖坯，两分钱一个坯子，一个周末能挣十几二十元钱；到了十三岁小学毕业，书实在读不进了，家里也没那个条件，干脆被送去易家湾学厨。

那是1994年，京珠高速湖南段还未通车，南来北往的车辆都走107国道，占地利之便的易家湾一线遍布各种简陋的小餐馆，以水煮活鱼为卖点，生意火爆到不行。学厨都是从水台做起，杀鸡宰鱼是基本功，更何况是特色河鱼店，两餐正餐带消夜，一天要消耗数百斤各种河鱼，这鱼都是十三岁的欧阳卫星一条条杀出来的。

欧阳卫星在那儿干了三个月不到就当了“逃兵”，倒不是嫌苦嫌累，学徒只管吃住，不发工资，听一同学厨的师兄说金都宾馆的厨房招人，吃住之外，还有百多元的工资，什么都不懂的欧阳卫星扔了杀鱼的刀剪就跟着师兄跑到了金都宾馆。

在易家湾虽说是学厨，可并没正经上过灶，到了金都宾馆也只能打杂，好在欧阳卫星勤快，啥活儿都能干，不多久，老板便交给他一个“艰巨”的任务——早起熬稀饭。那会儿正是芦淞服饰产业飞速发展的阶段，人多，钱也多，稀饭一元钱一杯，成本不过两角钱，只是辛苦，市场是四点半的早市，两点多就得起来熬稀饭，到天亮都不能停，熬完一锅又来一锅，一天能卖出两三千杯稀饭。可以说，那几年，金都宾馆餐饮那块儿，有半数以上的净利润都是欧阳卫星一锅一锅稀饭熬出来的。

人勤快，又担了“重任”，老板对其自然青眼有加，时不时地会关照后厨的师傅多带下这个个头不高的细伢子。欧阳卫星人灵泛，借老板的话就往上爬，烟和槟榔又侍候到位，后厨的师傅也乐得教他一些东西，他这才算入了厨行的门。

1998年还是1999年，欧阳卫星的姑姑在徐家桥步行街那块儿摆起了夜宵摊子，喊他过去帮忙。那会儿的他在后厨已经有了些许地位，不再是那个每日凌晨两点起床熬稀饭的打杂小弟了，十七八岁，也算成了年，脑壳里晓得想事了，反正都是打工，不如去帮自己的亲戚，也方便自己以后自立门户。

人算不如天算，姑姑的夜宵摊子只持续了半年时间，徐家桥步行街整体改建，不再允许占道经营，他只得又做回自己的“老本行”——熬稀饭。不过，这回不是替人熬了，是自己熬了自己去卖。

往往天还没亮透，欧阳卫星便出摊了，一个自制的手推车，两大锅熬得酽酽的稀饭搁上头，边上是大号的一次性塑料杯，稀饭还是一元钱一杯，一天能卖两三百杯，刨去本钱，所赚不少，在当时他也算高收入群体了。

只是，这高收入并未维持多久，不过几个月时间，某天欧阳卫星出摊时，发现自己的摊位被人占了。二十啷当岁的小伙子，肝火旺，几句话不对付就跟对方干了一大架，哪晓得，这占他摊位的人喊来十几个老乡围着他就是一顿胖揍，他在医院躺了个把月才出来。那人临走还撂下话，再敢入这行就打断他的腿……这一天是2001年3月18日，欧阳卫星至今仍记得这个日子。

不能卖稀饭，卖米粉总可以吧？怀揣当时的全部积蓄，欧阳卫星在工商局边上租下一间小小的铺面卖米粉，店名亲兄弟粉馆——那会儿，他把弟弟也从堂市老家带到了株洲——只是，这铺面实在太不吉利了，一是小且破——这没办法，他本钱就那么些；二是隔壁的铺面也是卖米粉的，还是十多年的老店，炒码粉尤其有名。自己虽也是卖粉的，到底技不如人，往往是隔壁排起了长队，他这里却门可罗雀。

得，学艺不精也怨不得别人，且学着呗！哪儿学？隔壁不就是最好的榜样吗！可自古同行生嫉妒，更何况还是比邻而居的同行，也不能跑人后厨光明正大学，只抽空子跟对方的服务员拉好关系，不时套些话，问什么什么码子怎么炒的，差不离也能模仿个十之七八，等手艺学到手了，再去别处寻个铺面重新开始，这期间亏的就当交师父钱了！

谁也想不到，一场大火救了欧阳卫星。2003年的某个夏天，隔壁炒码子时引燃了排烟管道里的积油，火势一路向上，二楼住户也被波及，说什么也不让再开粉店了。隔壁赔了笔钱，灰溜溜地关掉档口走人，欧阳卫星也被住户要求限期搬离。可他却从这危机中看到了生机，急急买来烟酒水果，一家家地去敲门说好话。

七层楼，每层两户，十四户人家，欧阳卫星一家家敲开门，门一开就扑通一声跪倒在地，叔叔阿姨嗲嗲娭毑一通喊，说自己是个厨子，家在农村，条件又不好，要是不开粉店就没饭吃了……十四户人家都被他打动了，允许他继续在这儿开店，他还借着这个机会把隔壁关掉的档口盘了过来。

炒码粉重在码子，讲究的是油润色亮、镬气十足，之前隔壁的一些手法技巧已经打探得差不多了，自己上灶操练也能学得像模像样；更何况，他还有“秘密武器”——小时候娭毑瞒着家人炒给他的鸡蛋炒肉正是油润色亮、镬气十足的典型，原样不动搬来便是极好的码子——生意也一天天地好了起来，并陆续开设了不少分店。

事业稳定之后，欧阳卫星将娭毑接到了株洲。人年纪大了，脾气总有些古怪，和小辈有些合不来，欧阳卫星在外租了房子安置娭毑，还请了保姆，自己隔三岔五前去探望，直到娭毑过世。

娭毑过世那天，欧阳卫星大哭了一场，后事料理完毕后，他决定做点儿什么来延续和逝去的娭毑之间的感情。

欧阳卫星在黄河路口开了家新店，店名欧阳家知味馆，早餐依然售卖拿手的炒码粉，中晚餐是家常菜肴——在早餐行业浸淫多年的他终于涉足正餐了——店内招牌菜的第一道就是娭毑的鸡蛋炒肉。

食·谱

主料：新鲜猪肉（200克）、土鸡蛋（5个）。

配料：小红椒（5克）、蒜叶（10克）、盐（5克）、酱油（少许）。

操作步骤：

1. 猪肉分肥瘦切块，小红椒切丁。
2. 锅底热油（油稍多放些），下肥肉块炼出油来。
3. 鸡蛋打入锅中，保持中火，勿用锅铲搅拌，轻轻晃动锅沿使蛋液凝固。
4. 蛋液将凝未凝之际，下入瘦肉和红椒段，继续晃动锅沿至蛋液凝固。
5. 加盐调味，加酱油上色，继续翻炒。
6. 下蒜叶翻炒均匀，起锅。

一碗肉丁面，母子情意长

食·典

将细面下汤沥干，放碗中，用鸡肉、香蕈浓卤，临吃，各自取瓢加上。

——（清）袁枚《随园食单》

食·事

锅中的水沸了，小玉麻利地将挂面下到锅中，翻滚的水花暂歇了会儿，不消片刻又鼓着白色的沫子翻了上来——淀粉溶于水的缘故——加些凉水进去，翻滚着的水花又消停下来，再翻滚上来便可以关火了。

长筷子伸进锅中，捞出面条，放入一旁备好料的碗中，再盖上先前就已炒好的“码子”——一些肉丁并香菇丁（有时候是黄瓜或者胡萝卜丁，取决于当日菜市场何种菜蔬最新鲜）合炒——这碗饱含爱意的肉丁面便算是妥了。

那边厢，九岁的儿子已经梳洗完毕，早候在厨房，不待小玉招呼，便端过碗来，无比享受地吃将起来……这碗面，儿子已吃了七年，却从未吃厌，最开始是小玉喂他吃，后来大些了便自己吃，再后来他吃后还会帮小玉一起收拾厨房……看着儿子一天赛一天的懂事，小玉便觉得，这些年所有的辛劳和咬牙苦撑都是值得的。

从某种程度而言，儿子的出生是个不折不扣的错误。十年前，二十三岁的小玉带着对未来的无限憧憬步入婚姻的殿堂。很快，小玉便发现，婚前老公隐瞒了太多东西，没有正经营生不说，且好赌，整宿整宿地不归家。“也许只是太贪玩了，等孩子出生了，就会收心的。”小玉对着空荡荡的房间，抚摸着日渐隆起的腹部安慰自己道。

事实证明，安慰仅仅只是安慰而已，孩子的出生并没有留住老公频频外出的脚步，非但如此，婆家也对她时有讥讽，理由是自己没有管好老公，似乎老公的不长进都是自己造成的……

也不是没有好消息，还是结婚前，小玉和姐姐一起在芦淞服饰城盘下了一间小小的门面，她不喜服饰城里喧闹不休的氛围，日常门面便由姐姐打理，她只以股东的身份坐等分红，可惜姐姐也无多少经营经验，虽然风吹雨打地辛劳，却并未挣下几个钱来。到2008年的时候，生意有了起色，也有了稳定的利润，这便给了小玉抽身离开的勇气。

几乎不假思索，小玉带着儿子搬离了夫家，在市区租下一间小小的房子作为母子二人的容身之所。儿子快两岁了，断奶后辅食也慢慢停了，小玉试着给他煮面条吃。最普通不过的挂面，猪肉切丁与各色菜蔬合炒以为浇头，荤素搭配，营养均衡，最重要的是省钱。尽管铺面的分红足以维持母子二人相对体面的一日三餐，但小玉考虑得长远，孩子一天天长大，日后花钱的地方多着呢，在生活上也就能省便省了。令人欣慰的是，儿子倒是特别喜欢吃她做的面条，甚至很多年过去后，有段时间餐桌上没有出现这味肉丁面，儿子还会跟她撒娇："妈妈，你什么时候给我做肉丁面吃啊？"

生活似乎一步步走向光明，单身带着孩子过活确实不易，但儿子的乖巧懂事却让小玉觉得人生有了新的奔头。谁也没想到，消失多日的老公竟然会找上门来，还是带着债主一起来的——他欠下的赌债无以偿还，又打听到小玉铺面的分红不错，虽然小玉已搬离他家，但他们名义上仍是夫妇——无休止的吵闹之后，小玉决定妥协，将多年铺面分红的积蓄还了赌债，以换得与这个男人的彻底了断。

那段时间，小玉的心情差到了极点，她整日闭门不出，常常坐着坐着便泪流满面，有时候让儿子看到，小小的男子汉便会过来搂住妈妈，娘儿俩抱一起哭……是姐姐再一次解救了她，此时的姐姐除了服饰城的铺面，还开了家茶叶贸易公司，看妹妹如此境况，担心走极端，便让她去学茶艺，一是日后好照应自家的生意，二是她听底下的茶艺师说，学茶艺能平复心境。小玉平日在家也喜泡茶，泡茶的时候似乎也不会那么烦，只是一停下来，那些纷扰的往事又一个劲儿往脑子里钻，也许系统学习下会更有效果；更重要的是，她得寻个营生好好把儿子抚养成人，服饰城的铺面虽仍在赢利，但受网络商城冲击大，也是一日不如一日了。

小玉去学了茶艺，比任何人学得都要认真，冲泡之间，心便静了下来，想起往日种种，也只当过眼烟云，虽然心仍会隐隐作痛，但已不会再将自己的情感带进去。

出师后的小玉在姐姐的帮助下也开店做起了茶叶生意。店面特辟了一间小小的茶室，不忙的时候或者有朋友到访，小玉便会坐在茶几前泡上几泡，茶香氤氲间，气色也一天好似一天——身材娇小，又一张天生的娃娃脸，笑声爽朗而清脆，不告诉你的话，丝毫也难以把她跟一个九岁孩子的妈妈联系起来，更难以想象她之前曾经历过如许的难挨时光——儿子住校，只周末回来住两天，熟客都知道，周末小玉的店铺开得要比平日晚，她得留在家里陪儿子，肉丁面往往是餐桌上固定的主题，在小玉看来，这碗肉丁面既是对过往岁月的追忆和反思，也是母子二人感情的见证，只要儿子不喊吃腻，她还会一如既往地做下去。

食·谱

主料：挂面（约100克）。

辅料：鲜猪肉（100克）、鲜红椒（5克）、芹菜秆（10克）、葱花（少许）。

配料：盐（少许）、生抽（少许）。

制作步骤：

1. 鲜猪肉分肥瘦分别切丁，肥肉备用，瘦肉加盐和生抽略腌码味。
2. 锅烧热，下少许油，再下肥肉丁爆出油来。
3. 下红椒及瘦肉翻炒，并加盐和生抽调味。
4. 下芹菜秆翻炒，加少许水略焖后盛起备用。
5. 锅留余油，下热水烧开，略加盐调味，加葱花，盛起备用。
6. 净锅或另锅烧水，下面条，熟软后捞起入步骤5之汤碗中。
7. 盖上步骤4的浇头，拌匀后即食。

鱼子鱼泡里的江湖往事

食·典

广陵法曹宋龟，造缕子脍。其法，用鲫鱼肉鲤鱼子，以碧笋或菊苗为胎骨。

——（宋）陶谷《清异录·馔羞门·缕子脍》

食·事

刚从鱼肚子里掏出的鱼子是暗红色的，油锅里略煎片刻便成了金黄，趁着油温下入剪破的鱼鳔，加水焖出奶汤，调味起锅……尽管十几二十年前便是凭借这门手艺在株洲扎下脚跟，但多年不操持厨艺的波哥还是“筐瓢”了，汤极腥，且带苦味，颜色也不大好看，他将之归咎于杀鱼的小工没有捯饬干净——他以前的徒弟，现在店里的厨师长赶紧过来

“救场”，重新做了一份以配合我们的拍摄——很快，他便承认，是自己的手艺“潮”了，就如同他曾经历过的江湖岁月，都已经如烟尘一般遥远。

1995年，刚满二十岁的波哥在清水塘铁路桥下开始了自己的“走鬼”生涯。在此之前，他在红港路某家饭店学厨，之后又留在店里当了两年厨师，二十岁这一年，他决定自立门户，理由是，自己每天辛苦炒菜，挣的还不到老板的零头：“老子不晓得自己搞啊！”

一辆稀斯垮烂的三轮“踩士”，锅碗瓢盆灶都在车上，化纤蛇皮绷住四个角固定住，顶上用竹竿子撑起来，便是二十岁的波哥的全部家当。也没如今这样花色繁多的菜式，就嗍螺、臭干子、炒粉、炒饭这些填肚子的粗糙食物，打发一些晚归的醉鬼的肠胃已绰绰有余。生意是真好，从下午四五点钟光景撑起棚子一直到半夜过，手脚就没歇过，“国家干部一个月才挣两三百元钱，老子一晚上就搞得这么多”。

生意好就有人眼红。这眼红既有相邻摊位的不满，也有流氓小混混的惹是生非，更有来自市场监管者的“合法照顾”。那是20世纪90年代中期，《古惑仔》的流行让每个年轻人胸口都涌动着“浩南哥”的热血，一言不合便要抽家伙“拔份儿”。

架多半打不起来，道上混的彼此都认识些人，“盘子”一约，各各报出名号，原来都是自家兄弟，一杯酒也便泯了恩仇；也有真打的时候，波哥身高1.78米，块头又大，从小又是调皮角色，也没怵过人，实在“打不拢港”，操家伙就上，基本胜多败少，最辉煌的战绩是带着八个兄弟，将对方五六十号人马，从清水塘铁桥一路追砍到二医院……

2000年，积累下一些钱财的波哥在铁路桥东侧租下一间门面，算是告别了四处打游击的“走鬼”生涯。店名小波大排档（现更名为小波鱼嘴巴），主打鱼子鱼泡，要用河鲤鱼的籽，细腻起沙，别的鱼子没这个味儿，有些人不明了其中诀窍，虽也做鱼子鱼泡这菜，但没他名头大。只是这菜季节性太强，开春鲤鱼散籽就没有了，再吃又得到寒风凛冽的隆冬时节。

架自然是不再打了，一个原因是市场规则越来越健全，再没有市场粗放阶段那般无所不用其极；再个嘛，他后来也总结过，打打杀杀怎么都不划算，打输了自不消说，打赢了还得赔医药费，钱也不是白捡回来的——市场的规则终于将一名江湖大佬历练成了精明的生意人——但偶尔的一些举动还是能看出他当年的“江湖遗风”。

株洲的夜宵店向有拉客的习俗，往往客人的车门还没打开，就有一群拉客仔涌上前来拉着你往自家店去，但在波哥这里不允许，开店之前他就立下了规矩：客人如果冲着味道去你那里，我没空话讲，只怪我学艺不精；你要强拉硬拽将客人拖去，那是“冇名堂”的搞法，就莫怪我不客气……小波鱼嘴巴河西店刚开业的时候就有不懂味的过来拉客，波哥上去就是两嘴巴，打完再重述上述规矩。结果是，临近店家纷纷将拉客仔遣散，波哥的两家店周边也成了株洲市区消夜市场唯一没有拉客仔的地段。

现在的波哥已不再需要亲自下厨炒菜，两个店子的厨师长都是自己带出来的徒弟，他乐得当个甩手掌柜。只是，每到这个季节，店里有鲜鲤鱼送到，他都会让徒弟做上一份鱼子鱼泡。说到底，他还得感谢这门手艺，一个没多少文化的厨子在城中拼下如许产业——他常说自己村里出了两个人物，一个是将炒货店开遍湖南的戴永红，另一个就是他，两人都是自小外出闯荡，又共同牵头成立村里的慈善救助站，并自任站长，真金白银地回馈村里那些条件不好的乡里乡亲——且没有因早年间的打杀生涯而走上“邪路”，这鱼子鱼泡便算是他的吉祥物了！

食·谱

主料：鱼子（500克）、鱼鳔（200克）。

辅料：茶油（50克）、生姜（30克）、小红椒（20克）、葱段（10克）、盐（20克）、味精（少许）、紫苏叶（少许）。

操作步骤：

1. 取现杀的鱼子鱼泡，沥干水分备用。
2. 锅底热油，烧至80度，下姜片爆香。
3. 下入鱼子，小火煎至两面焦黄，再下鱼鳔略煎。
4. 加水没过鱼子，大火烧开，撇去浮沫，改中火焖煮约十分钟。
5. 依次加入小红椒、盐和味精调味，改大火稍收汁。
6. 放入葱段和紫苏叶，起锅。

黄焖草鱼块里的乡愁

食·典

家常煎鱼，须要耐性。将鲫鱼（即草鱼——编者注）洗净，切块盐腌，压扁，入油中两面熯黄，多加酒、秋油，文火慢慢滚之，然后收汤作卤，使作料之味全入鱼中。

——（清）袁枚《随园食单·水族有鳞单》

食·事

三十八岁的谢露锋是名厨师，用他自己的话来说，这门子手艺，打小儿起就注定了的。

七八岁，最多九岁的谢露锋，平日里和周边的熊孩子并无任何区别，一样地上树掏鸟窝、下地玩儿弹珠球，但凡十里八乡谁家有个红白喜事，他谢露锋一准儿跟着进了人家厨房，全不管昨日还在一起玩闹的小伙伴们此刻正兴奋地在鞭炮堆里翻检炸断了引线的鞭炮。

跟进厨房是因为馋，三十年后的谢露锋也不否认这点。彼时是20世纪80年代中期，商品经济浪潮已席卷全国，物资供应虽较计划经济时代大为丰饶，但大多数内陆乡村地区依然未摆脱穷困的阴影，饭是能吃饱了，但也仅此而已，逢有红白喜事，席上的大鱼大肉便成了村民们难得的盛宴。

乡里办席不时兴圆桌，一色的实木八仙桌，一边坐两人，共八个席位，桌上的大菜也都是按人头算的，头碗里的肉丸子、虎皮蛋都是八个，两指宽、巴掌大小的扣肉，一碗也是八块，细伢子又不能上正席，只能傍着父母在碗里戳一些边角余料吃，没有哪一次，谢露锋是吃尽兴了的。

乡下的孩子比不得城里的金贵，也不会撒泼耍赖要吃的，当然，那会儿条件也不允许，他们就傻乎乎立厨房跟前看着。办席的大师傅多是周边相熟的乡里乡亲，知道孩子嘴馋，多半会打发一些半成品的熟食，或者半个炸裂了的虎皮蛋，或者一根剔去肉的羊骨头。吃了，仍不走，只定定地看着大师傅做事，汆水、走油、焖煮……一套套程序下来，原本面目狰狞的鸡鸭鱼肉残骸便成了一盘盘惹人馋涎的美味佳肴，这让小小年纪的谢露锋颇感神秘。

有时候，厨房里忙不过来，大师傅也会唤谢露锋做些事，剥个蒜头，捋把葱什么的，大些了也让他动刀，“切肉，得顺着肉的纹理来，断了肉就会柴”，大师傅边上不时指点几句，他这就有点儿学手艺的意思了。当然，彼时懵懂无知的谢露锋不会想到这些，他只知道，在厨房里干过活儿之后，可以名正言顺地跟着厨房里的“帮老倌”同席吃饭，这一席是不受人头限制的，厨房里有啥都能可着劲儿上，每一次，谢露锋都吃得肚子溜圆。

就这么着混到了初中毕业，那时是1993年，中师吃香得很，但谢露锋没考上。当不成“国家干部”，就得学门手艺，那时节的农村孩子都是这么个规划。有见过世面的亲戚建议他要么学开车，要么学厨师，这都是当时的大热门，出来后不怕找不到活儿干，谢露锋想都没想就选择了厨师，然后去了当时开设有烹饪专业的株洲市工业中专。

烹饪专业，一年白案，一年红案，第三年实习。实习也不是去了就能上锅炒菜，还得按厨行的老规矩来，先做水台，杀鸡宰鱼，一双手成天泡水里，溃烂红肿，吃不得苦的就打了退堂鼓；水台过关上砧板，切片切丁切丝，灶上一声喊就得配好，最厉害的是整鸡（鸭）去骨，脖颈处开一小口，手伸进去，出来得是一副完整的骨架，还得保证鸡（鸭）表皮完好无损；砧板这关过了才能上灶，大菜硬菜也不许炒，只能在非高峰期炒一些无关紧要的菜，余下的时间就盯着炉头，火候掌控、调味配比都得记眼里，不懂的地方自己揣摩，问多了，炉头的眼神就冷冷地横了过来……

从水台到上灶，谢露锋花了六个月时间。当然，谢露锋也知道，这都是炉头照顾他这个戴眼镜的学生伢子，按旧时候的规矩，没得三年的磨砺，休想碰到锅铲，这之前还得立下“死走逃亡各由天命，车踩马踏打死勿论”的拜师帖子才行，全不似如今，花个三五千元钱，烹饪学校里混个三五个月，一纸国家认证的职业资格证书到手，就算厨师了，就能揣着它满世界闯荡了，他也不知道，这世道，到底是进步了，还是退步了。

毕业后，和大多数怀揣理想的年轻人一样，谢露锋的足迹遍布了小半个中国，衡阳、郴州、广州、深圳、温州……路越走越远，年龄和经验的增长也让他从最开始的六锅、五锅升到二锅、头锅。

2006年，在外漂泊了一圈的谢露锋回到株洲，在向阳广场西侧盘下一间店面，像大多数由厨师而自己开店的餐饮人一样，他也开始有了自己的事业。

店名朱亭镇——那是他的老家，因理学大家朱熹在此结亭讲学而得名——所售也无非当日乡间办席时的那些鸡鸭鱼肉，当然，也少不了这些年厨师生涯各处学到的新奇菜式。

现在的谢露锋，馋自然是不再馋了——做餐饮行业，什么没吃过？但吃遍大江南北的他总觉得再怎么吃，也没有当日乡间办席做“帮老倌”时吃过的那般好味，即便他原样复制一份当日的菜单，也不是那个味儿。

“菜并没有变，变的只是吃这些菜时的心境。”道理他比谁都懂，但偶有闲暇，他还是会去厨房做上一份黄焖草鱼块——这不算席面上的正菜（正菜是蒸的草鱼块，取其操作之便利），顶多算是预备席上的家常菜（乡间办席，厨师要提前一天到场，预制一批菜肴，晚间吃饭便会就着厨房里的材料随意炒些菜肴就饭）——自斟自饮，或者叫上底下的厨师陪他，他则絮叨一些当日乡间办席时的讲究和闲话，“一呷黄焖草鱼块，就晓得，第二天有席呷……”。也只有在这个时候，他才会觉得自己与“回不去的故乡”的关联还未完全断裂，那个巴巴跟进厨房做“帮老倌”的孩童仍清晰如昨，而这，就是他整个厨师生涯的起点。

食·谱

主料：草鱼一条（750克）。

配料：葱头（100克）、干黄椒末（20克）、青椒段（10克）、盐（10克）、味精（少许）。

操作步骤：

1. 草鱼宰杀洗净（胸腹间黑膜务必去净，否则有腥味），切2厘米左右肉块。
2. 锅置火上，烧热后加油炼锅。
3. 锅炼过之后，下菜油少许，烧至6成热，将鱼块、鱼皮向下放入锅中，煎至金黄色。
4. 撇去余油，放盐和干黄椒末，加水没过鱼块。
5. 水开后加盖煮一分钟。
6. 启盖，放入青椒段和葱头，加入少许味精，稍收汁
7. 出锅即可。

有传承的软酥鲫鱼

食·典

鲫鱼先要善买。择其扁身而带白色者，其肉嫩而松；熟后一提，肉即卸骨而下……照边鱼蒸法，最佳。其次煎吃亦妙。拆肉下可以作羹。通州人能煨之，骨尾俱酥，号“麻鱼”，利小儿食……

——（清）袁枚《随园食单·水族有鳞单》

食·事

算起来，今年应该是杨敬伟从厨的第三十个年头了，刚刚拿到“中国烹饪名师”这块金字招牌的他，打算过段日子补办一个拜师仪式，以弥补他从厨三十年来的遗憾。

学　厨

浏阳普迹，杨姓在当地是望族，新中国成立前，半个镇子的田土都是杨家的，生意也一度做到省城长沙，不过，这一切在政权鼎革后戛然而止，到杨敬伟出生的时候，他这个长房长孙继承的只是五间摇摇欲坠的破草房，除去厨房和厕所，一大家子人——高寿的曾祖母、祖父母、父母亲，四个未成家的叔叔姑姑，以及接踵而至的两个弟弟——挤在三间破烂的茅草房里，日子可想而知。

正是基于这样的家境，十六岁的杨敬伟入了厨行这门——“大旱三年，饿不死厨子”——师傅是同村办席面的老师傅，在当地小有名气。

办席面的师傅不比饭馆子的厨子，常年四季有“坐馆”的地儿，得遇乡间有红白喜事，主家上门请，这才担上家伙什儿出门办席，一般是师傅主厨，徒弟打下手帮厨。别小看打下手的帮厨，诸多烹饪讲究都得在这帮厨中慢慢领悟：先是切笋子，浏阳多山，席面常见笋丝，一大脚盆发好的笋子，总有六七十斤，得在规定的时间里切成长短粗细大致相当的丝，可不能误了席面时间，这是练刀功；再是发肉皮，浏阳乡间流行平肚席，其实就是晒干的肉皮，温油拖过，再水发胀大，取其滑软肥腴，这考的是发料的功夫；有时候主家好脸面，要上海参席，20世纪80年代的浏阳乡间哪儿去找海参？也有法子，用猪拱嘴中间的那一小段来替换，形状和口感也与海参八九不离十，日后杨敬伟用牛蹄替代熊掌来复制祖庵菜系中的祖庵熊掌也是从这儿得来的灵感……

局外人

三年学徒期满，按老辈规矩，得换满师帖子才算出了师门，可就在这当口，杨敬伟犯了嘀咕。厨行这行当传承千年，总有这样那样带些神秘色彩的行内禁忌，换满师帖得跪祖师爷跟前起誓，要忌一样口，这辈子都不能吃某样食物，而这在受过唯物主义教育的杨敬伟看来，多少带有些迷信色彩，性子犟的他硬是不肯换这个满师帖子。也就是说，尽管在厨行中摸爬滚打了三十年，且在各种烹饪赛事中屡有斩获，严格说来，杨敬伟之于厨行，仍是个局外人。

"满师"后的杨敬伟仍然跟着师傅走家串户地办席，没有席面的时候，则辗转各地打零工以贴补家用，手底下的功夫也一刻不敢放松，办席时师傅炒了什么菜，回家照着样子做，多试几次，总也像模像样。

1991年，杨敬伟去了省城长沙——小学老师去湖南农业大学进修，顺便在学校附近盘下一间小店面，打来电话让杨敬伟过去帮忙——在这家主要消费人群为农大师生的小小饮食店里，杨敬伟一干就是十四年，从最初的四张台位到离去时的三十八张台位，杨敬伟在厨房的煎炒烹炸可谓功不可没；当然，最重要的是，在农大的这段职场生涯让杨敬伟与著名湘菜大师罗继湘结下了师徒情缘。

继湘厨校

罗继湘，先后师从许菊云、王墨泉、谭添三等老一辈湘菜大师学艺，是20世纪八九十年代年轻一辈中颇有名望的高厨。几乎就在杨敬伟到达省城长沙的同时，长沙市烹饪协会改制，面临下岗危机的罗继湘创办了继湘厨校，为有志于提高自身厨艺的青年厨师提供一个进修的渠道。恰逢农大放暑假，杨敬伟也报了名，学费是780元，之所以记得这么清楚，乃是那会儿自己的工资才300元/月——280元钱寄回家中贴补家用，自己只拿20元钱零用——于彼时的杨敬伟而言，这算是一笔巨大的投资。

事实证明，这次投资的回报率相当之高，学制虽只大半个暑假，结业后的杨敬伟仍有事没事往继湘厨校跑，人勤快，又肯钻，罗继湘对这个小他十来岁的年轻小伙子十分赏识，但凡他厨艺上有不懂的地方，只要自个儿知道的，无不有问必答，也因了罗继湘的关系，杨敬伟得以接触到许菊云、王墨泉、谭添三等老一辈的湘菜大师，并结下了深厚的“师徒”情分——两年前王墨泉七十大寿，徒子徒孙数百人到场庆贺，罗继湘把杨敬伟拉到一边说要引荐拜谢下师爷爷，王老嘿嘿一笑，还要引荐吗子，这小子这些年走得比你勤多了……

2005年前后，杨敬伟离开农大的那间饮食店，开始替老师罗继湘打理旗下名目繁多的餐饮公司。罗继湘拉他入伙只说了一句话：“你能在一家店坚持十四年，我还有什么不放心的？”之后的五六年里，杨敬伟跟着罗继湘将“继湘美食”及其子品牌在大半个中国扎下脚跟，厨艺精进之外，更涉足各种餐饮管理，直到2011年来株洲接下晴溪庄园的厨房。

“祖庵菜系”

相比跟着老师罗继湘四处“打江山”，晴溪庄园厨房老大这个职位无疑要轻松不少，除了固定巡店以稳定旗下各店铺的出品之外，杨敬伟有更多的时间钻研“新菜”，譬如这两年正在试制中的“祖庵菜系”的挖掘整理。

“祖庵菜系”因南京国民政府主席、行政院院长谭延闿（字祖庵）而得名，其父谭钟麟系晚清重臣，官至两广总督，真正的钟鸣鼎食之家，尤精饮馔之学，其宴客所用菜单流出即为厨行中人引为至宝的“祖庵菜单”。还是在继湘厨校的时候，杨敬伟就听老师罗继湘说起过祖庵菜，只是谭氏贵为国民政府主席，政权鼎革后多有忌讳，一些以他名字命名的菜肴也改头换面以别的名头在菜谱中出现——如祖庵鱼翅改名为红煨鱼翅之类——厨行中人谈起也是讳莫如深，也就这些年，包括地方政府在内的各级官方、民间机构开始意识到这块“金字招牌”的分量，乃在不同场合不遗余力地推广“祖庵菜系”。

身在株洲的杨敬伟则得地利之便，毕竟，谭延闿籍贯茶陵，其行政区划上可是归属株洲，更何况，他还亲眼见过谭延闿手写的宴客菜单——“祖庵菜系”之有名，除谭延闿精于饮馔之外，与其家厨曹荩臣（行四，厨行人称曹四爷）也密不可分，一般是曹四动手操作，而谭延闿则在旁指点，始有风行民国饮食界的“祖庵菜系”。

往　事

谭延闿逝世后，曹四在长沙创办健乐园，以祖庵菜为卖点，为20世纪30年代长沙社会餐饮之佼佼者，惜乎毁于文夕大火，曹四本人则下落不明。好在曹四带了个好徒弟彭长贵，彭长贵掌勺于南京曲园酒家，国民政府一干达官贵人流连于此，都视彭长贵为曹四的唯一传人，其风头亦一时无两；在当时的南京曲园酒家，还有另一名名为孔浩辉的厨子，师从与谭延闿府上另一名家厨柳三和（三和酒家创办人）齐名的“长沙四大名厨”之一宋善斋（潇湘酒店创办人）——昔日“长沙四大名厨”，除柳、宋之外，尚有创办裕湘阁酒楼的萧荣华和创办燕琼园酒楼的毕河清——而宋善斋则视另一出自谭延闿府上的家厨谭奚庭（玉楼东酒家创办人之一，比曹四早三十年出谭府）为偶像。

两个厨艺精湛的年轻人，在一处共事，究其师承，又都与谭延闿府上有着千丝万缕的关联，可以想见的是，必定有着技艺上的切磋和互相提点之处；更何况，两人还有过命的交情——国民政府倒台前夕，蒋介石派行政院长翁文灏拿着两张飞机票，到南京曲园酒家来做彭长贵和孔浩辉的工作，希望他俩能去台湾。孔浩辉说他家里有兄弟姐妹九个，父亲身体不好，他是长子，走不得。彭长贵去了台湾，临行前，孔浩辉将身上仅有的九块光洋都送给了彭长贵。

彭长贵去台后创办彭园，以曹四唯一传人的身份将湘菜在台湾发扬光大，并走出台湾，走向世界；孔浩辉新中国成立后为新政权服务，先是在中南海林伯渠家里当厨师，后又调到北京香山饭店和中央交际处工作过十年之久，其时政治氛围紧张，对自己与前国民政府主席谭延闿千丝万缕的关联自然避而不谈，直到退休多年之后，才与相熟的厨行中人谈起与谭延闿府上的种种关联，并凭记忆手书一张谭延闿当年的宴客菜单——当是在南京曲园酒家时，听彭长贵口述的——后来这份菜单到了湘菜大师王墨泉手上（王墨泉《湘菜本色》一书中有记载），杨敬伟则有缘亲眼看见。

“复原”

菜单中共记有三十八道菜肴，多与外界所传“祖庵菜系”雷同——现存资料挖掘整理出的“祖庵菜系”菜肴共有二百余道，部分已为后辈厨人复原，部分则仅存名录，永久失传——亦有此前未收录进“祖庵菜系”者，如本文这道软酥鲫鱼。

一般认为，“祖庵菜系”以热菜居多，甚少见凉菜，然谭府宴客，必尽中国待客礼仪之所极，席面之上，肴菜点心之外，凉热兼备也是应设之礼，之所以未在以往挖掘整理出的“祖庵菜系”中看到，乃是因为，此菜太过“简单”——长不过巴掌的野生鲫鱼数条，治净打花刀，葱、姜并上好花雕腌过，慢火煨至酥烂，凉后即食——喜欢在日记中谈论饮馔之道的谭延闿根本不屑去记……

另外，软酥鲫鱼这菜并不仅仅是“祖庵菜系”的专享，在淮扬菜、鲁菜中亦可见此道菜肴，且做法大同小异，这也可以从侧面证明，“祖庵菜系”是集百家之所长而成，毕竟，谭延闿父子两代仕宦多年，足迹遍布大半个中国，谭府厨子自然能将各地菜系之精华融于一处。

从这份菜单出发，杨敬伟工作之余，大部分时间都在钻研如何将菜单上的菜肴变成现实中热乎乎、香喷喷的一碗一碟。这项工作在他之前就有人在整理了，长沙的湘府曲园酒家（前身即当年彭长贵掌勺过的南京曲园酒家）早在十余年前就开始着手对祖庵菜系的复原了，以“师爷爷”王墨泉在湘菜圈里的地位，他要获得相关的技术支持自然不费吹灰之力；更何况，他还是一个肯钻研的人，前已述过，因为政治上的原因，“祖庵菜系”中的诸多菜肴都以改头换面的方式在别的菜谱中“潜伏”着，稍加留心，再与包括“师爷爷”王墨泉在内的诸多湘菜前辈探讨一二，大致也能复原个八九不离十。

目前，在晴溪庄园的菜谱上，“祖庵菜系”那一分栏下的菜肴共有六道，都是杨敬伟采百家之长，加以自己看书钻研领悟而复原成功的，点单率也一直不错。当然，说是“复原”未免太过绝对，现实的窘况也逼迫他不得不采取折中之法，譬如“祖庵菜系”中的祖庵熊掌，黑熊现在是保护动物，你哪儿弄熊掌去，只得以牛蹄代替，取名“赛熊掌”之花名而面市，反正都取其胶质浓厚；再如祖庵玉结鱼翅，得用一公斤以上的天九大翅，现今连金钩干翅都成了稀罕物，又哪儿去找天九翅，还得是一公斤以上的；再譬如唐鲁孙《中国吃》一书中也提到过的谭府的软烧菜心，取当天割下的小白菜两担，只取其中间嫩心，以高汤煨至熟软，材料倒是好找，可成本摆那儿，两担白菜才能出一碗菜，唐鲁孙说谭府吃一次软烧菜心，半条街的穷苦人家都去谭府墙根儿外捡白菜，上菜单的话，该卖什么价合适，又卖给什么人吃？

传 承

尽管不无折中之法，杨敬伟仍自信地给自己“复原”的祖庵菜打个八九十分，“反正方子都是准的，只是有些材料不大好寻觅，不得不做一些变通”。这也恰如他的为人处世之道：恪守传承的同时，也会顺应潮流地做一些改变。以收徒为例——年过不惑，也到了开宗立派的时候——底下仨小伙子，都跟了他多年，得挑一个传下衣钵，考核的法子很简单，就让仨小伙子各自帮忙照应一道菜，当然，事先并没说好是要考核。菜也是“祖庵菜系”中的一道——祖庵蹄髈，又名水晶肘子或玻璃肘子，做法并不复杂，只是有些费工。肘子治净汆水，捞起后加冰糖及葱、姜、料酒放入大瓦钵，再隔水蒸够时辰，而后捞出，再将原汤汁收浓淋于其上即可。关键是要蒸够时辰，一只蹄髈蒸出的油汁要不多不少正是大半碗，方有肉烂味鲜之口感。年轻人难得有耐性守在灶前，两个小伙子就偷懒，未蒸够时辰便取出，汤汁不够浓酽，便自行加芡汁打入进去收汁，当然入嘴即知要了滑头；另个小伙子实诚，老实守在灶前，蒸够时辰取出，原汁收浓淋上，自有水晶或曰玻璃之油汪水亮之质感……衣钵传谁，心里就有谱了。

再如拜师，当年浏阳普迹乡间的办席师傅，临满师时要换满师帖子，因杨敬伟反感莫名其妙的起誓仪式那一套而死活没换，当然，这些并不影响他和师傅的感情，这么多年，他都一直以师礼待之，口中也一直尊称师傅，只是没那个名分而已；而与罗继湘，大半个暑期的师徒名分不说，还在身边朝夕不离地侍候过好几年，却始终未行传统的拜师之礼，换言之，他只是“继湘厨校”数以万计的毕业生一员，还不是湘菜大师罗继湘名下弟子之一。尽管这些年，罗继湘一直把他当成自己的徒弟，然而，那个传统的厨行拜师礼一天不办，他在厨行内部，仍是个没有传承的野路子。

以前倒好，自己一个人单枪匹马，什么样的阵仗都能对付；可眼下不一样，自己也要收徒弟了，而且打算传给徒弟的还是“祖庵菜系”，没个传承能说得过去？罗继湘跟浏阳乡间的师傅不一样，乡间办席师傅长于旧社会，脑子里固有的旧观念挥之不去，理解自然能理解，但按那老派规矩起誓忌口却实在有违自己的原则；而罗继湘跟自己一样，是“生在红旗下，长在新中国”的社会主义新人，自然不会执着于固有的传统而不知变通。一个简单的例子是，自己与“师爷爷”王墨泉走得如此之近，王老对自己在烹饪技艺上的疑惑也是知无不言、言无不尽，这在旧时的厨行规矩里，可是大忌，而罗继湘听闻后却只是淡淡一笑，并未放在心上，就凭这点，自己拜师时也可以省略掉那些带有封建迷信色彩的起誓忌口之举，当然，传统的尊师重道的纲常伦理还是必须有的……

他打算忙过这段时间就跟老师罗继湘好好聊聊，补办一个传统的拜师形式，弥补自己是厨行局外人遗憾的同时，也为自己以后的衣钵传人找个传承——大至整个厨行，小至各个菜系甚至某道菜肴，可不就是这么一代代传承下来的吗？

食·谱

主料：鲜活土鲫鱼（1000克）。

配料：食用油（2500克、实耗50克）、大葱段（50克）、生姜（50克）、八角（10克）、花椒（10克）、干辣椒节（20克）、陈年花雕（50克）、陈醋（25克）、生抽（25克）、食盐（20克）、白糖（20克）。

操作步骤：

1. 取鲜活土鲫鱼1000克（一两左右一条，不要超过2两），宰杀治净，去鳞去腮，并打浅花刀。
2. 食盐揉遍鱼身，并揩去血水。
3. 锅底坐火，热锅后倒入食用油，油温拉高后下入沥干水分的鲫鱼，炸至表皮焦黄。
4. 改小火，保持恒定油温，继续炸至鲫鱼全熟后捞出待用——其间小心翻动，勿使粘连。
5. 锅留底油，下入葱段、姜末、干椒节、八角、花椒等爆香，再加入剩余的配料和凉开水若干一起兑成味汁并烧滚。

6. 高压锅下垫竹篾，将炸熟的鲫鱼摆放其上，并浇上味汁，密封后坐火上，上汽后改小火再焖一刻钟，而后熄火，待汽散后启锅。
7. 放至凉透，再夹出鲫鱼摆盘即可。

（注：本款软酥鲫鱼为简易操作版，“祖庵菜系”中此菜做法不过油，亦不上高压锅，只将鲫鱼置于下垫竹篾之瓦钵内，浇上味汁，先大火烧沸，而后改文火煨足两个小时再熄火，凉后再捞出摆盘。）